ESQUILOS DE PAVLOV

LAURA ERBER

ESQUILOS DE PAVLOV

ALFAGUARA

Copyright © 2013 by Laura Erber

Todos os direitos desta edição reservados à
Editora Objetiva Ltda.
Rua Cosme Velho, 103
Rio de Janeiro — RJ — Cep: 22241-090
Tel.: (21) 2199-7824 — Fax: (21) 2199-7825
www.objetiva.com.br

Capa
Mateus Valadares

Imagem de capa
© Federico Nicolao a.k.a. Dide Riviera

Revisão
Ana Kronemberger
Taís Monteiro

Editoração eletrônica
Abreu's System Ltda.

Crédito das imagens
Págs. 12, 37, Autor desconhecido / arquivo Laura Erber; págs. 18, 30, 41, 49, 72, 74, 93, 130, 162, 167, 169, Laura Erber; págs. 20, 34, 48, Arquivo pessoal Aleksei Kazantsev; págs. 22, 23, 43, 51, 62, 91, 106, 107, 146, 155, Arquivo pessoal Karl Erik Schøllhammer; págs. 39, 46, 73, 86, 99, Aleksei Kzantsev; págs. 47, 53, 81, 123, Arquivo pessoal Anna Sokolova; pág. 54, Arquivo pessoal Sophie Nys; pág. 64, Desenho de Roberto Erber; págs. 97, 108, 155, 158, Arquivo Laura Erber.

A tradução do poema "Til mine foraeldre", de Gustav Munch-Petersen, reproduzido na página 101, é de José Paulo Paes (Em: *Quinze poetas dinamarqueses*. Florianópolis: Editora Letras Contemporâneas, 1997).

Todos os direitos reservados.

CIP-BRASIL. CATALOGAÇÃO-NA-FONTE
SINDICATO NACIONAL DOS EDITORES DE LIVROS, RJ

E55e
    Erber, Laura
        Esquilos de Pavlov / Laura Erber. – Rio de Janeiro: Objetiva, 2013.
        170p.   ISBN 978-85-7962-215-1

        1. Ficção brasileira. I. Título.

13-1702.   CDD: 869.93
                                    CDU: 821.134.3(81)-3

**ESQUILOS
DE
PAVLOV**

*para Sandra Spritzer
e Joana Meroz*

> *Minha mente parecia um esquilo.*
> *Eu juntava e juntava coisas, e depois as escondia,*
> *para quando chegasse um longo inverno.*
>
> KATHERINE MANSFIELD

> *Há tantas histórias não nascidas.*
>
> BRUNO SCHULZ

O feto é uma propriedade de toda a sociedade. Dar à luz é um dever patriótico decisivo para o desenvolvimento da nação. Aqueles que se recusam a se tornarem pais são desertores voando para longe das leis da continuidade do nosso povo.

Não era o infinito jogo da civilização na voz de um grande líder que atrapalhava o cálculo de Spiru, era Nicoleta engasgada numa frase que dava várias voltas e custava a terminar. O motor da geladeira emitia agudos cada vez mais intensos, um homem descia as escadas correndo, um cachorro gania e uma mulher gritava para salvar ou destruir a reputação de alguém. Nicoleta na cozinha, sentada diante de Spiru, dobrava a barra do vestido, desdobrava, dobrava, desdobrava, nenhuma volúpia, apenas ela, Nicoleta Momolescu, e a enorme dificuldade de dizer o que precisava ser dito. Spiru entendeu que mais um bebê estava a caminho deste mundo. Houve um estrondo. A geladeira explodiu. A polenta estava no fim. O papel higiênico estava no fim. Spiru estava cada dia mais careca. Outro filho. Quanta loucura. Um tremor atravessou o corpo de Spiru irradiando-se por toda a cidade.

Minha ficção de origem começa na ala esquerda de um hospital azul por dentro. É o início de uma nova década e dizem que a pintura vai acabar. Dizem que a nova beleza está na forma das cidades e no rosto das pessoas. E dos carros. Enquanto isso, na Califórnia, uma dona de casa na curva dos sessenta entra num supermercado e dispara sobre crianças e potes de picles. Longe dali, mais perto de nós, um mestre esbofeteia seu discípulo porque um desenho não se faz com palavras.

Quando nasci uns braços peludos me ergueram acima da cabeça dos médicos. Eis o mundo, filho. Será que você cabe? Alguns cabem, outros entalam.

Nessa estória meu pai está aborrecido e minha mãe se chama Nicoleta. Os dias são muito longos ou curtos demais. Quando se sentem perseguidos conversam sobre a existência de um perigo sempre novo e diferente. Eles me conhecem bem, mas ainda não sei exatamente quem são. Atravessamos grandes espaços, minha mãe usa um lenço cor-de-abóbora, sou o bebê que ela leva no colo. Meu sorriso encanta os transeuntes. O céu escurece de repente mas não cairá sobre nossas cabeças. Gotas d'água caem sobre minhas pálpebras embora não conheça ainda essa palavra. A avenida nunca termina, as gotas são gordas e pesadas. É uma espécie de alegria, as luzes da cidade, o peso das gotas, a estampa do lenço, o cheiro da minha mãe.

Sou receptor universal, daltônico e destro. Quando estou fora de foco me pareço com a filósofa Maria Zambrano. Gosto de Chalupecki, uma cabeça sincera protegida por ondas de teimosia. Acredito mais no acaso do que na sorte e mais no cansaço do que no destino. Estudei belas-artes mas não cheguei a me formar. Já não há mais ala esquerda no hospital em que nasci. Também não sobrou muita coisa do edifício em que vivíamos. Como são engraçadas as coisas. Mas de repente também podem deixar de ser.

Não espero da realidade mais do que ela pode me oferecer mas reajo mal diante de promessas não cumpridas. Sou uma piada que se conta por inércia, capricho ou vaidade. Quanto mais me aproximo de uma região perigosa, maior é o riso, quanto mais rio, mais me arrependo e sei que me torno patético ao tentar retomar o velho caminho da complascência. Uma pessoa a quem tive intenção de contar a minha estória disse que somente duas situações justificariam o relato em primeira pessoa: morte próxima ou indiferença total em relação aos pronomes. Não sei bem o que quis dizer mas sei que tentava me persuadir a desistir. Passaram-se dias, meses talvez, a mesma pessoa retornou com uma nova ideia: se quiser mesmo levar adiante esse projeto então que seja em jejum retórico ou em pleno excesso de toda a merda que cabe numa vida. Sou incapaz de querer tanto. Então o que você quer? Ela pergunta, é uma mulher, gosta de me questionar. Mas poderia ser um homem, uma voz sem emissor, um pedaço de frase trazido pelo vento. Por enquanto tudo tem a validade de uma hipótese. Ela quer saber onde me situo caso me fossem dadas as seguintes possibilidades: de uma história da arte contada como uma vida ou um futuro em que eu não estivesse morto. Fico com a última. E não importa por onde as coisas tenham começado. Ela não me deixa concluir, e com uma veemência que é muito sua, diz que importa, que é muito importante, que é mais que muito importante, é um ponto cardeal. De onde ela tira esses *crescendos*? Não me parece que seja bem assim, dado que a vida em questão se parece mais com um sofá modulado do que com uma trama zodiacal, portanto, pouco importa ou importa bem pouco, o ponto onde tudo começa é como eu disse: insignificante. O mesmo não pode ser dito do final. E além do mais cada um sofre de um jeito. Dizem que até mesmo os turistas são dados ao sofrimento. Antes de dormir, em seus quartos de hotel contemplam as luzes da cidade, medem os vãos entre os prédios e pensam que não seria assim tão mau morrer longe de casa.

Não há jogo, acaso, teoria-salva-vidas, nem nunca houve ninguém, livro que ensine a suportar essa tontura. O lugar de onde falo é um nada bem no meio de tudo. Sou a carta roubada e a faxineira que a procura. A mulher que me questiona sorrindo diz que saberia contar a minha estória, que seria parecido com andar de bicicleta com uma mão só ou dançar na borda de um lago. Se isso a satisfaz pode fazer o que quiser com a minha vida. Surpresa com minha resposta o sorriso dela desaparece. Ela não é, nunca quis, nunca pensou em ser artista, criar, assinar, publicar, dedicar. Digo a ela que isso certamente a coloca numa posição vantajosa em relação a mim mas não chega a ser uma garantia. E mesmo sabendo que não cuidará da minha vida narrada com a mesma destreza com que cura minhas frieiras e apara os pelos do meu nariz, eu deixo, digo sim. Ela diz que o começo deve ser límpido como uma fábula. Era uma vez um artista contemporâneo e os abismos que arrastava por onde ia.

ERA UMA VEZ UM ARTISTA

Não sou o que meus pais temiam mas também não me tornei a pessoa que eu mesmo gostaria de ter sido. Da minha mãe herdei o sono, do meu pai a incapacidade de dormir. Na partilha dos bens e dos males genéticos, minha irmã ficou com varizes, fiquei com hérnia de hiato e pés chatos. Meus antepassados tinham um nariz obsceno que talvez ressurja nas gerações futuras. Se houver gerações futuras. Nunca se sabe. Felizmente em toda explosão algo se perde, algo tem que se perder. Nariz Momolescu, adeus.

Detestaríamos menos as pessoas se não tivessem ideias a respeito de si mesmas. Minha mãe existia mais nas dúvidas que nas decisões. Imagino-a no caminho para a morte hesitando entre rapidez indolor e lenta dissolução. Temerosa, corava por tão pouco, o barulho metálico da colherinha tocando o fundo da xícara, uma interjeição a mais no fim do expediente. De dia usava coque japonês, de noite se sentava na beira da cama e com uma calma hipnotizante soltava os seus longos cabelos castanhos. Não sei se teria sido mais feliz em outra época, com outro homem, menos receios. Ninguém nunca saberá quem teria sido e não foi. Jogava dados, trabalhava no Instituto de Agronomia e seu nome de solteira era Nicoleta Blandiana, um nome suave que lhe caía muito bem. Nunca se conformou com o formato da sua boca que, no entanto, era bela.

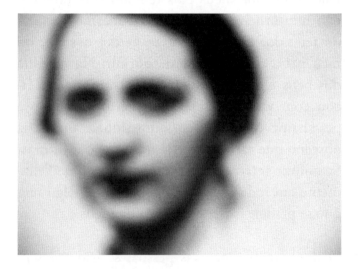

Minha infância não foi das melhores, nem das piores. Me lembro de comer camarões vietnamitas e adormecer no tapete da sala. Meu pai não queria mais filhos e já passava dos sessenta quando fui concebido. Não era má pessoa mas não sabia dissimular os seus rancores, que eram muitos. Quando perguntado sobre seu passado surrealista mudava rápido de assunto, escarrando. No final dos anos trinta travou contato com os colaboradores da revista *Alge*. Fazia pequenos serviços para Paul Paun, Gellu Naum e Ghérasim Luca. O ponto alto desse currículo foi recolher e transportar sucata para Ghérasim enquanto este elaborava uma nova teoria da circulação do desejo, incluída no livro *O vampiro passivo* publicado pelas Edições do Esquecimento em 1945. Depois da debandada de 48 ele, Spiru, ainda sob o efeito alucinatório daqueles escritores desejou fazer um livro guiado pela cabala. Seria um conjunto de onze poemas de onze estrofes, todos eles escritos no dia onze de cada mês, sempre às onze e onze da noite. Seu *nom de plume* era Pulga mas ele negou essa estória até o fim. Felizmente ou infelizmente todos os poemas se perderam, menos um, encontrado por Draguta, minha irmã, entre as páginas desbotadas de um livro de culinária. Não fosse por nosso avô Marcel nunca teríamos tomado conhecimento desse plano poético. Não era preciso nenhuma inteligência aguda, nem conhecimento de causa para entender que o mau encontro com o surrealismo o perturbou até o fim da vida, como um refrão do qual não conseguia se livrar. Outro momento crucial da sua vida estava situado em algum ponto dos anos cinquenta, quando foi preso por motivos por ele nunca revelados. Foi libertado na anistia de 1962, saiu da prisão com as calças frouxas, os pés inchados e um ruflar de asinhas no cérebro. Foi nessa época que começou a escrever *As aventuras do ursinho metalúrgico*.

Na metade dos anos oitenta minha mãe parou de sonhar com uma vida que não era a sua. Estava mais quieta, e seu rosto transparente cada vez mais duro. Começou a falar com desprezo das coisas que admirava. Um dia amanheceu agitada e impaciente e com uma pinça riscou as paredes da sala e uma coleção de discos de Maria Tañase. Meu pai fazia vista grossa, aliás, nós fazíamos, era a nossa especialidade, já era parte de nós, como cotovelos ou tendões patelares que estão sempre trabalhando mas ninguém pensa neles a não ser que sejam tocados por um martelinho.

Havia palavras obrigatórias e palavras proibidas, e nas horas menos más havia, para as crianças, uma dose de feitiço, nomes que teletransportavam. Tanzânia, Veneza, Nairóbi. Europa era uma ninfa, Eurásia era para nós muito maior e mais reinante. Nesse mapa a Romênia era um ponto cego entre Malta e Yalta, piolho perdido entre o topete de Reagan e a careca de Gorbachev. Da janela da cozinha se via o Lia Manoliu ainda — eternamente — em construção. No inverno os cabelos de Draguta ficavam elétricos. Lembro de irmos juntos à escola e no caminho de volta ver uns corpos afundados na neve. Podia ser o avô Marcel, o professor Emil ou o Senhor Golovin, nosso vizinho cego. Encontrar esses corpos era terrível, mas para eles que morriam talvez fosse a forma mais discreta de concluir. Como nos contos infantis havia um circo perto do rio e um jardim zoológico no sopé da montanha. As ruas de Bucareste eram escuras e durante dez anos esperamos numa lista para conseguir um Volga 21. Duas vezes por semana os professores nos levavam aos parques para catar lixo — um gesto patriótico como tantos outros.

Uma dia meu pai recebeu um prêmio pelo Ursinho das edificantes aventuras que escrevia. Dez dias com toda a família no Neptun Resort, uma cidade-hotel construída à beira do mar Negro entre Bucareste e Constanta. O hotel era frequentado pela família Ceaucescu, quando eles estavam lá havia carne no menu.

No verão de 1986 li *Memórias encontradas numa banheira* de Lem e comecei a acreditar que as pessoas da minha rua eram arcanos de um segredo pérfido. Quando o verão terminou minha mãe pediu que eu fizesse um esconderijo na parede. Foi feito pouco a pouco, cinco minutos por dia em horários sempre diferentes para não levantar suspeitas. Essa pequena transgressão na arquitetura de interior da casa teve consequências desastrosas na cabeça de minha mãe. Dentro daquele buraco ela guardava meias de seda, perfumes e cremes que depois revendia às mulheres da Academia de Agronomia de Bucareste. Nossa vida melhorou. Mas só um pouco.

Na escola aprendíamos a manipular máscaras antigás. As famílias recebiam os equipamentos dentro de uma caixa preta que os pais guardavam no fundo do armário enquanto os filhos ficavam à espreita esperando a primeira chance de experimentá-las. Falavam sobre expansão veloz de matéria tóxica incontrolável, mas nada sobre a nossa apatia, nossas imagens do próximo e do distante, nossa redundância, nossos falsos juramentos, nossas dores de estômago, nossa vocação periférica, nossa salivação noturna que algum ilustre psiquiatra analisaria em noites de insônia, nos microscópios de um laboratório da Universidade de Wisconsin.

Estávamos cansados e ansiosos. Na hora de dormir Draguta inventava teorias sob medida para a minha inocente ignorância. Pianistas sonham em preto e branco, gritar fortalece os cabelos, mulheres que fazem tranças nos cabelos também fazem tranças nos pentelhos. A lua às vezes aparecia bem no centro da janela. Eu já não era tão pequeno.

Nosso avô Marcel vivia conosco. Nas fotografias ele tem um charme antiquado que me agrada. Foi criado em colégios internos na Romênia, Suíça, Hungria e Baviera, um pouco porque pedagogia curativa estava na moda, um pouco porque a mãe o rejeitava, e principalmente porque o pai era um cartógrafo sempre em trânsito, um touro disseminando esperma pela Europa Central e arrotando o fato histórico de ter redesenhado as fronteiras romeno-búlgaras no Tratado de Neuilly. A mente do meu avô estava saturada de imagens desse passado. Durante a Primeira Guerra, quando as coisas tinham ficado tão estranhas que nem mesmo a cadela komondor queria brincar com ele no fim do dia, espalhou-se entre os alunos do internato onde vivia a notícia de que um dos professores havia morrido no fundo da biblioteca. Para não ser enviado às trincheiras o pobre rapaz engoliu um charuto H. Upmann inteiro. Pelo mesmo motivo, outros professores do internato ficaram temporariamente hospitalizados num sanatório suíço, diagnosticados com tracoma que transmitiam uns aos outros de propósito mesmo sob o risco de ficarem cegos para sempre. Meu avô se satisfazia em relembrar e prometer num tom displicente que faríamos juntos, eu, ele e Draguta, em sentido anticronológico, uma viagem aos colégios da sua memória, começando pelo último deles, perto de Novi Sad, a Atenas do Danúbio. No fim da vida o álcool lançou-o definitivamente para longe de nós e para perto desse passado. Nesses abusos da memória aparecia frequentemente um Senhor Guggenbühl ou Goggenmoos, que também recebia os epítetos *Globo Relvado* e *Belli Capelli* por conta de um tufo posicionado no alto da cabeça que resistia em não cair.

DUAS OU TRÊS COISAS SOBRE O SR. GOGGENMOOS OU GUGGENBÜHL

Usava óculos *pince-nez* de aro de ouro e, como sinal de modernidade, andava sempre com uma caneta-tinteiro no bolso externo do paletó, junto à lapela, na altura do peito. Antes de ser diretor tinha sido professor de literatura e gramática alemãs. Das regras gramaticais chegou às regras de vida e de conduta. Tudo que se passava dentro do internato ou dentro das cabeças dos seus alunos tinha de estar linearmente disposto, com clareza, limpeza, precisão, sem sombra de ambiguidade, perífrase e paradoxo. Exigia pontualidade em todas as tarefas. O que não era proibido era naturalmente obrigatório. Pelo menos na cabeça dele, que venerava a abrangência das regras e tinha horror às exceções. Preferia punições leves e continuadas aos castigos violentos e instantâneos; em caso de briga, os envolvidos tinham de ficar frente a frente e, com a ponta dos dedos, abrir o olho esquerdo um do outro, simultaneamente, afastando bem as pálpebras que começavam a vibrar insistindo em se fechar. A punição devia ser cumprida diariamente, durante seis meses, de modo que não havia um só dia em que pelo menos um aluno do internato não estivesse sendo submetido a sessões de torturas corretivas. Apesar da rigidez que praticava como missão, tinha uma genuína afeição por aquelas vidas que apenas começavam, talvez sentisse também inveja do destino que teriam pela frente e que ele só controlaria por muito pouco tempo. O diploma de último ano vinha com uma inscrição em grandes letras vermelhas caprichosamente desenhadas: *Nec spe nec metu*. Em sua casa o Senhor Goggenmoos mantinha um papagaio dito mágico, que recitava a Noite de Valspúrgis, de Goethe, em suábio mas só aceitava cantar em russo acompanhado por uma balalaica. O animal vivia numa gigantesca gaiola de prata, era tratado como um amuleto e isso tudo tinha se passado em Bela Crkva, onde ficava o internato. Provavelmente também vinha de lá a mãe de minha mãe, que ela nunca chegou a conhecer e cujo nome não podia ser pronunciado na nossa frente. A imagem que guardo do avô Marcel coincide com um retrato em que ele sorri levemente e apoia a perna enfaixada sobre uma cerca de madeira, e ao lado dele, em primeiro plano no alto de uma árvore, um enorme gafanhoto. Provavelmente quem fez a foto mirava o gafanhoto. Marcel era em muitos sentidos o oposto do meu pai, um típico homem da transilvânica que fazia questão de ignorar tudo que acontecia ao sul do Danúbio. Como muitos da sua fornada, meu avô não via sentido numa vida sem desespero, amor louco, guerras e revoluções. Recriminava meu pai por se contentar com ficção científica, férias no Neptun Resort e um sofá macio para morrer em casa.

Mas nem sempre tinha sido assim.

Quero dizer, meu pai.

Mas ainda quero falar do avô Marcel. Que era alcoólatra e com os anos tornou-se um estorvo. Minha irmã e eu permanecemos muito ligados a ele até o fim. Não admitimos que o enviassem ao asilo de alcoólatras de Cluj, lugar nefasto onde viúvos deprimidos e sérios criminosos apodreciam rapidamente juntos. No entanto, com o tempo nossa afeição por esse avô foi minada por uma repulsa física que não sabíamos como esconder ou controlar. No último ano ele não pesava mais de quarenta quilos e se cagava todo sem notar. Nessa mesma época nossa mãe leu sobre os efeitos purificantes da tília e da flor do sabugueiro. Agarrou-se decididamente àquela informação, dali em diante faria com que Marcel bebesse dois litros de suco todos os dias. Ele cedeu rapidamente ao tratamento frugal mas exigia o uso de uma taça holandesa de estanho e chumbo que minha mãe lavava com zelo sem perceber a morte se fazendo cada dia mais presente. Nos últimos meses acho que Marcel cruzou o último limiar, já não era mais ele mesmo, e também não era um outro. Quando morreu era um homem totalmente diferente do que tinha sido, sentimos que o verdadeiro Marcel continuava vivo como uma tartaruga silenciosa perdida em algum canto da casa.

É difícil saber do que os mortos são capazes. Chalupecki diz que são apoteóticos, surdos mas nem sempre mudos, se acendem e se apagam como pequenas crispações na noite. Às vezes sonho com Draguta tangendo um alaúde, tangendo um sino no alto da Torre de Stephan, tangendo o gado, depois o silêncio se propaga, tudo muda, ela reaparece numa cidade nevada, é uma vendedora de churros, uma vendedora de amêndoas, um mendigo célere, um gaitista cego, a atendente de um sebo numa cidade poluída onde todas as famílias têm uma escolta e uma mancha de verão que é o primeiro índice de uma doença fatal. Nesses sonhos o gato Li Po encontra a felicidade debaixo do fogão.

Se Draguta Momolescu se chamasse Helga Gregorius, tudo teria sido diferente.

A terra tem milhares de rios e há mais de trinta formas de se matar um porco mas o repertório do amor fascina pela pobreza. Uma criança percebe isso. O amor é um caminho que se divide: inflacionar a linguagem ou expor sua miséria. Eu te amo, você me ama? Eu te amava ontem, não te amo hoje, mas te quero ainda, teus lábios lindos, Sulamita, teus lindos lábios, Margarete, você é tudo, Violeta, preciso de um beijo, Beatriz, teus decotes, Charlotte, não me esqueça, Vanessa. De repente acordei e já não gosto do teu jeito de bocejar, de segurar a caneca, de dizer bom-dia. Ter um amor não é o mesmo que ter uma casa ou um canário, não é nem de longe comparável a isso, mas conheço uns seis ou sete que debatem sobre cachorros de raça como se fossem os amores humanos que não têm. Na minha família nunca ninguém morreu por amor, nem por amor à pátria, nem por amor-próprio. 1984 foi o ano do envelope pardo com as tranças do amor de Petronela. Foi também o último ano na vida de Petronela, a garota ruiva do Instituto de Cultura Francesa, Boulevard Dacia, 77. Ela tinha 15 anos, no ano seguinte apareceu morta. Era teimosa, e ficava emburrada por um cisco. Na presença de estranhos concordava com o estranho, não importava se o sujeito dizia que a água do mar é doce ou que o melhor do teatro são os aplausos, o estranho sempre tinha razão, em tudo. Quanto ao trabalho de guardar livros, uma fachada. O que ela fazia era mais comprometedor. Ela era uma raposa sardenta e eu estava sob o encanto. Era uma menina-espiã da Securitate. Era uma menina. Uma espiã. Apareceu morta dentro de uma lata de lixo. Uma lata de lixo. De lixo.

Uma das melhores aventuras do Ursinho Metalúrgico foi escrita durante a minha caxumba. Meu pai tinha contraído a doença na infância, assim pôde me fazer companhia em casa escrevendo mais um episódio enquanto meu avô, Draguta e minha mãe se refugiavam na casa de uma prima. Nessa aventura o Ursinho acampava em Vama Veche. No caminho havia uma série de peripécias bobocas, uma vez lá instalado o Ursinho conhecia um grupo de esquilos checoslovacos hippies que comiam sem parar e diziam *você é um dos nossos, não tenha medo, o tesouro está no campo, no olhar dos bichos, no pôr do sol e nas canções.* O urso hesitava, os esquilos insistiam: *Pense bem, amigo urso, pois a vida não é*

> *um parque*
> *um museu*
> *um edifício-garagem*
> *uma fábrica*
> *a casa de alguém*
> *(você entrando*
> *pelos fundos*
> *uma doninha com dois ou três*
> *chocalhos de Maputo ou o amigo*
> *distante que veio ontem*
> *e ficará por quase um ano)*
> *não é*
> *um café*
> *um sótão*

uma taba
uma caixa-preta
um castelo nos Cárpatos
o interior de uma escola
não é uma torre
um romance negro
um autoengano com gerânios e piscos
e aranhas e vassouras e
não é dentro de uma novela gótica
no centro irradiador de todas as tensões
não é em ninguém
nem de lugar algum
não se abre nunca
mas pode fechar-se
duas vezes antes
de se fechar

Mas era em vão, o Ursinho Metalúrgico não ia a parte alguma. Dizia *adeus, amigos*, e pegava o trem de volta para a capital. Retomava o seu posto na fábrica, e quando a noite cobria a cidade ele se sentava na varanda e tocava um saxofone baixo. A música se chamava *A aurora das cidades*. O Ursinho adormecia na infelicidade e despertava sorrindo. Era sempre assim.

Na versão publicada o título da canção foi alterado para *Monumento ao adeus* e o que ele dizia aos esquilos era *o cansaço é a bebida dos que não bebem*.

Em outubro de 1989 não estava acontecendo nada em Bucareste. Sabíamos que o inverno seria terrível, seria ainda pior em Cluj, em Brasov, em Timisoara. De madrugada, de cócoras dentro do banheiro, meu pai tentava sintonizar a RFE. A pobreza que nos mantinha juntos era a mesma que nos separava. Nessa época meu melhor amigo chamava-se Iancu Apostolovic e quando se tem um amigo chamado Iancu Apostolovic você tem grandes chances de acreditar que é o próprio Cristo cruzando o Sava. De vez em quando viajávamos para Sibiu onde vivia uma parte da sua família. Quem nos hospedava era tia Cosmina, uma biblioteca bem-abastecida, um skoda bege e muita disposição para jogar cartas. Nos fundos da casa morava um pequinês insuportável chamado Zaharia que volta e meia ejetava os globos oculares e que tia Cosmina dizia ter vindo de outro mundo numa noite sem lua. Ela acreditava de verdade no que dizia, e afirmava em tom solene que carneiros nascidos no plenilúnio eram capazes de interceptar emissões circundantes, e enquanto explicava em detalhes esse processo arregalava os olhos e balançava a cabeça concordando consigo mesma. Iancu, que não sentia nenhum prazer em acreditar em coisas estranhas, evitava dar margem para esses assuntos. Eu não teria me importado em deixar falar por mais tempo a voz da loucura da tia Cosmina, mesmo sabendo que Iancu tinha razão, aquele era apenas um caminho para um triste fim. Pobre tia Cosmina, passou os últimos anos num asilo psiquiátrico limpando privadas, seviciada pelos médicos e bebendo leite nas tetas de uma cabrinha marrom. Nas noites de Sibiu, quando nossas energias para o baralho se esgotavam, íamos ao cinema assistir a filmes aleatórios numa sala cheia de tias Cosminas.

Em novembro de 1989 o filme se chamava *Novembro, o último baile*, um título tolo como uma profecia. Ao sair do cinema vimos um rapaz descalço, não um cigano, mas um jovem que apesar do frio andava suavemente como um bailarino. E à medida que avançava deixava cair atrás de si um filete de areia que parecia escapar de pequenos furos num saco amarrado à sua cintura. Iancu achou ridículo e se aproximou do sujeito perguntando se ele não podia fazer aquilo e ao mesmo tempo cantar a canção dos ursos e cogumelos. Não houve resposta, o rapaz continuou caminhando, concentrado nos próprios músculos como se fosse a primeira bailarina do Teatro de Moscou, mas quando já estava a uns vinte metros de nós tive a impressão de ouvi-lo dizer "seu merdinha".

Meu último encontro com Iancu foi há mais de vinte anos mas ao pensar nele ainda me intriga a assincronia entre aquela voz mortiça e um par de olhos amendoados acesos, magníficos. A ação presenciada por nós dois naquela noite em Sibiu ficou conhecida como *O caminho* e o homem que caminhava era Rudolf Bone, um artista que nos anos 90 abandonou completamente a performance para fazer não sei exatamente o quê. Eu o conheci no Réveillon da virada do século, numa festa em que todos usavam máscaras de Bakunin. Conversamos longamente, ele tinha um jeito exagerado de falar sobre o mundo das artes, era intransigente mas não ao ponto de ser desagra-

dável, e contou que já não fazia performances, desde o dia em que diante de um certo quadro de Klee seu coração despencou e caiu sobre o seu fígado. No final da conversa ele se lembrou da noite em Sibiu e dos dois garotos que o interpelaram, e cantamos juntos a canção dos ursos e cogumelos, aliás, uma canção terrível sobre um velho lenhador e sua filha louca fechados numa casa de madeira no meio da floresta. A filha tem uma vitrola onde toca sem parar uma canção inglesa sobre um menino e o seu desejo de enfiar a cabeça no forno com as batatas do jantar, letra que o pai não entende e acredita ser algo sobre um bosque com ursos e cogumelos.

Havia um defeito no olho esquerdo do meu pai, esse olho piscava involuntariamente quando, por qualquer motivo, qualquer mesmo, ele se irritava. E o homem se irritava. A irritação se traduzia em frases fáceis de entender e difíceis de engolir. Agradeço a essa e a todas as frases de efeito moral que chegaram até mim atravessando gerações e gerações de homens irritados. Eis o grande legado Momolescu: a irritabilidade. Ele foi feliz com aquela animosidade e eu poderia aproveitar este espaço para exercer minha ternura. Eu poderia dissimular o mal-estar, descrever meu pai com os ardis de um mágico de quermesse. Eu poderia sacrificar os detalhes sórdidos do *close-up* pela beleza do conjunto. Eu poderia descrever os suspiros que ele soltava por tudo e por ninguém. Eu poderia falar sobre o assunto em tom didático ou fazendo associações livres, minha voz em off sobre a imagem em preto e branco de um grande ralo engolidor de água. Eu poderia pintá-lo em tons pastéis, vestir Draguta de saia plissada, eu de azul e nós três segurando sorvetes coloridos sem nenhum sabor. Eu poderia acelerar o ritmo das imagens e mostrar o quanto nossa vida era de fazer rir ou abusar do *slow motion*, dos arranhões e de luz imprópria para saciar nosso desejo retrô. Eu poderia me dar ao luxo de esquecê-lo ou desvendá-lo com a paciência de um oráculo. Com candura e um pouquinho de graça, poderia fazer dele o protagonista aflito e desastrado de um filme mudo. Eu também poderia simplesmente amá-lo.

Poderia?

Eu queria dizer a ele e ao mesmo tempo eu achava que tinha de dizer, era meu dever dizer a ele em primeiro lugar, eu tentava encontrar uma frase simples e suficientemente firme para dizer a ele de uma tacada só que eu acabava de me tornar aluno do curso de artes. Enquanto me preparava mentalmente, cutucava o dedão do pé quando de repente, em tom sacerdotal, a voz de meu pai quebrou o silêncio como se lesse meus pensamentos. As coisas entre nós sempre se passavam desse jeito. Percebendo que ele já sabia o que eu tentava dizer e que o seu tom era ao mesmo tempo debochado e represensivo, deixei-o dizer tudo o que queria até o fim tentando escutar o mínimo possível já que a sua voz costumava grudar em mim de um modo pegajoso difícil de explicar. *Este mundo está cheio de gente enxergando pouco e falando ao mesmo tempo, Ciprian. Você começa sua arte como um esquilo travesso mas acabará como um grande charlatão, Ciprian.* Pedaços de unha atravessavam a sala. *Como sempre você escolhe o pior caminho, Ciprian. Você, Ciprian Momolescu, é como um jogador de boliche que antecipa a felicidade, dá uma batidinha com a palma da mão sobre a coxa quando vê que a bola está prestes a derrubar todas as garrafas e nesse instante, quando você bate na perna, a bola se desvia e você fica sem nada. O que estou dizendo, Ciprian, é que você é otimista demais e fraco demais para se tornar um grande artista.*

Talvez eu esteja ainda sob o efeito das suas maledições, condenado a permanecer nelas, ou à espera de que algo menos previsível, mais horrível ou estranhamente maravilhoso ainda venha a acontecer.

As coisas são engraçadas mas de repente etc. etc. etc. Eu poderia até dizer como disse a Senhora Slavenka Drakulic: detesto a primeira pessoa do plural. Mas não me chamo Slavenka Drakulic. O meu problema era o sorriso do homem-sintético, o DJ da dialética. Mamãe, mamãe, mamãe, quero crescer rápido e esquecer. Quando crescer quero esquecer muitas coisas, mãezinha querida. Espero que você não se perca no monturo de lixo das coisas esquecidas. Mas nunca se sabe. Mamãe, mamãe, sua idiota. Por que você foi limpar as janelas num dia de chuva? Um sopro adverso bastaria, bastava, bastou, foi o bastante.

Desde cedo a falta de habilidade física me afastou dos esportes e me aproximou dos livros. E das mentiras. As meninas que me agradavam não eram completamente idiotas, sabiam que eu valia pouco. Foi doloroso quando me apaixonei por Rodica, a garota do Boulevard Dacia. Rodica também tinha cabelos de raposa e amarrava as tranças com fitas de cetim amarelo. Pena que eu não conhecia nenhuma Rodica e que não houve até hoje na minha vida garotas ruivas de trança, nem laços de cetim, nem ninguém me beijando no porão do Instituto de Cultura Francesa.

Diante de todas as formas de imaginação continuo sendo a criança que apertava o nariz contra o vidro do carro para contar as histórias dos cachorros lazarentos da praça Charles de Gaulle, para alguns até hoje praça Stalin, antiga praça Hitler mas originalmente praça Jianu e, por um breve momento, praça dos Aviadores. No verão de 1994 fazia tanto calor que as pessoas estavam alteradas, sedentas por alguma coisa parecida com sexo e bebida cítrica. Em 1993 ouvi a palavra Aids pela primeira vez. Em 1990 entrei num banco pela primeira vez. Em 1991 fiz meu primeiro passaporte.

Em novembro de 1989 Ceaucescu estava no Irã. Meu pai dizia que ele não voltaria, que pediria refúgio ao aiatolá. Minha mãe dizia que era impossível esse não retorno. Ceaucescu voltou e logo convocou uma assembleia popular.

Era o começo do fim.

Ciprian Momolescu, sua vida está ficando chata, estamos presos dentro de um elevador com toda a sua família, diz a pessoa que me interpelava trinta páginas atrás. Diz também que a história pode e deveria começar agora, o que interessa acontece deste ponto em diante. Eu digo que há refrões simplórios e fáceis de cantar que no entanto não são fáceis de entender. Há momentos na vida de qualquer pessoa que parecem tão iguais aos outros, tão sem interesse, tão banais, e no entanto aí também pode estar acontecendo algum fenômeno irreversível. É o caso do musguinho.

O CASO DO MUSGUINHO

Um musguinho inocente crescendo numa pedra, por exemplo, um musguinho de nada, um nadinha, um zé musguinho, ninguém nem sabe que ele existe, ninguém vê que ele está crescendo na pedra, aliás numa pedra qualquer, sem nenhum atributo especial, pequena, arredondada como as outras, meio cinza como as outras, uma pedra parada no meio de um rio. Mas um dia chega uma pessoa querida, muito querida, muito amada por nós e pelos nossos, e a pessoa quer atravessar o rio, ela ou ele vai confiante, e até com total confiança, ela ou ele ajeita o corpo numa posição que parece ser adequada para dar mais um passo de forma a manter-se em equilíbrio e seguir o caminho, então o instinto diz a ele ou a ela que chegou a hora, chegou o momento de começar a abaixar o pé para apoiá-lo sobre a banal pedra cinza, uma pedra que não foi exatamente escolhida, mas para a inteligência do corpo parecia a mais bem localizada no momento em que o pé começou a descida sobre o cascalho. Evidentemente que ela ou ele faz esse movimento em questão de segundos e não pensa a respeito. Mas eis que durante aquele ano o humilde musguinho foi se espalhando e ocupando mais espaço e se alastrou de tal modo sobre a pedra que cobriu toda a sua superfície. Então quando ele ou ela chega ali para atravessar o rio com seu cão labrador todo babado para visitar alguém que vive do outro lado do rio ou pelo puro prazer de sentir os pés molhados e o corpo aquecido, nesse momento em que ele ou ela transfere sem pensar o peso de todo o corpo para o pé direito sem se dar conta, sem ter tempo de pensar que aquela pedra foi sendo aos poucos tomada pelo musguinho e que aquela pedra tornou-se como ponto de apoio e que o perigo é ainda maior quando se percebe que há pedras pontudas naquele rio, antes que qualquer um desses dados reais possa ser lido e interpretado por ele ou ela, ele ou ela cai e quebra o pescoço e morre.

Quando penso no musguinho entendo perfeitamente por que não penso em ter filhos. Não sei como fizeram meus pais para suportar mas eu não aguentaria passar o resto da vida com o pensamento voltado para todos os possíveis musgos de todas as possíveis pedras de todos os possíveis rios de todos os possíveis lugares que meus improváveis porém possíveis filhos poderiam muito possivelmente atravessar.

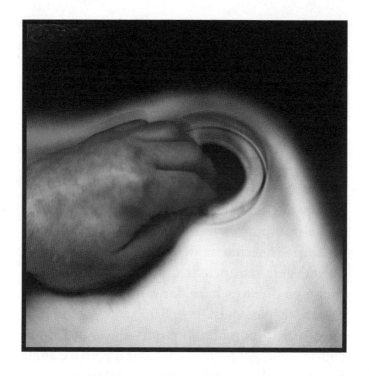

Eu também quis expor o meu buraco como um zero flutuante entre dois ventiladores ligados diante da plateia silenciosa, estupefacta ou apenas indiferente. Eu também fingi ter visto Halley atravessar o céu, eu também usei frases dos meus livros prediletos como se fossem minhas. Eu também tive pesadelos com um país de sincronias infernais em que todos os sapatos faziam o mesmo estalo ao tocarem o chão. Eu também nunca acreditei na existência de um sexto sentido e imaginei que o mundo terminaria no auge como uma frase de Flaubert. Eu também sonhei que guiava minha própria ambulância. Eu também, como num filme de Lynch, nunca vejo o rosto de quem me persegue. Eu também como num filme de Lynch não sei aonde estou indo. Eu também como num filme de Lynch vejo coelhos nas tarefas mais domésticas.

Coelhos e louça suja por toda parte.

Tanta coisa pode surgir das elucubrações de um jovem solitário em algum lugar isolado. O mais difícil é viver a vida no atacado e no varejo e saber que tudo não passa de falta de sincronia, ovulação e violência consentida. No fim dos anos oitenta eu chorava enquanto chovia, sonhava em sair de Bucareste em grande estilo, ou mesmo sem estilo, mesmo com chuva e sem dinheiro, mesmo com medo e com perdas de substância e dignidade. Eu queria sair dali o mais rápido possível mas também queria tempo de crescer lentamente. Aprendi a apreciar qualquer coisa. Não pensava em ser artista embora cursasse belas-artes. Na faculdade eu via excesso de cálculo e poucas ideias, um monte de gente se fodendo lentamente, cabeças fazendo acrobacia para atender as mais tolas expectativas de renascimento de alguma coisa desesperada que merecia tão pouco o nome de arte. Por sorte ou por miopia do partido comunista a biblioteca pública de Bucareste me empregou como secretário e larguei a faculdade. Ali na biblioteca comecei quase por acaso a fazer umas coisas, coisas que me desviavam de pensamentos mais escuros. No início eram coisas tolas que foram se tornando um pouco menos tolas à medida que se tornavam um pouco mais atrevidas.

Assim como a cidade, a biblioteca estava cheia de gente enjoativa e enredos malévolos, com a vantagem de que lá, na biblioteca, era mais fácil encontrar personagens que eu gostaria de ter sido ou encontrado. Pensamentos que gostaria de ter pensado ou escrito. E todo o nosso desenredo. O jovem que só era feliz na biblioteca foi uma espécie de cinéfilo dos livros. Esse jovem tinha uma irmã asmática chamada Draguta e quando ela morreu passou a morar, dormir e acordar nessa biblioteca. O garoto tinha os pés chatos como eu. Não aprendeu a digitar com os dez dedos como eu. No fim da vida encontraria uma pia com um ralo escuro para deixar escorrer as suas piores lembranças, mais ou menos como eu.

Era uma vez uma viagem. Era uma vez Nicoleta que sonhava em ir para Paris. Mas o Quinto Congresso de Agronomia Mecanizada aconteceu na

Universidade de Trieste. Era uma vez uma triste mulher em Trieste. Não conheceu grande coisa, não fez fotos e talvez nem tenha se divertido. Também não trouxe presentes, mas contou, com uma alegria um tanto pueril, que os triestinos, quando dizem que são íntimos de alguém, falam que já comeram cerejas no mesmo boné. Durante meses Nicoleta repetiu esse ditado, como um bordão musical, em momentos nem sempre apropriados. De noite, antes de dormir, disse a meu pai que os grandes navios tão perto dos edifícios eram meio perturbadores, como no pesadelo em que as coisas grandes engolem as coisas menores e estas as coisas ainda menores e assim por diante até formarem um único gigantesco bloco compacto de muitas coisas amassadas. Disse também que se sentiu vigiada por membros do partido disfarçados de professores de agronomia. Provavelmente era verdade. Uma tarde, aproveitando a brecha entre duas conferências, saiu flanando, quase voando pelas ruas triestinas, inteiramente só, tentando se agarrar aos corrimões generosamente instalados nas ruas mais íngremes. Depois de cair algumas vezes conseguiu entrar no Café San Marco, um café à beira-mar, confortável, bastante amplo mas ao mesmo tempo pequeno o suficiente para ser acolhedor e simples o bastante para não ser pretensioso. Ficou encantada com o teto de estuque coberto de folhas de louro que transbordava e avançava cerca de um metro pelas paredes abaixo. Era um pouco como estar sob a cúpula do *Sezession*, em Viena, onde nenhum de nós jamais esteve, mas deve ser assim. Só que a cúpula do *Sezession* deve ser de folhas de bronze dourado, e não de estuque esverdeado como a do Café San Marco que ficou gravado na cabeça da minha mãe, que afinal não é igual ao café que está lá em Trieste. Este foi reformado e cintila, o dela continua opaco, é até mais bonito, dependendo do gosto. Foi lá que ela disse ter se sentido tão bem, tão feliz, tão segura, tão livre que deixou cair vinte gotas de lágrima dentro da caneca de chocolate quente. Ali permaneceu, ao mesmo tempo feliz e infeliz, aconchegada e desesperada, enquanto o garçom com cara de papagueno insistia *Signorina, Signorina, Signorina.* E por alguns segundos minha mãe foi a protagonista sensível de uma época canalha.

Chalupecki diz que não existe história individual, mas sim uma série de histórias paralelas impossíveis de se comparar.

Ninguém soube dizer exatamente como aconteceu. Quando cheguei em casa meu pai estava deitado no sofá. Tão tranquilo, tão quieto. O corpo ainda morno. Durante o funeral apareceu um homem de luvas brancas com um maço de cartas — remetente Spiru, destinatário Zylienk — e também documentos, um pedido de expatriação e fotos. Meu pai era maçom. Que coisa esquisita. Mas pensando bem, claro, tantos sinais. Os passeios na rua Mircea Vulcanescu onde se encontrava com um certo Vladimirescu, supostamente antigo colega de escola que nunca chegamos a conhecer. E todas aquelas frases exageradamente luminosas quando o assunto era a vida de Antonio Maria del Chiaro, o secretário italiano do príncipe Constantin. Também entendemos por que no dia 27 de dezembro ele foi visto entre um grupo de homens na rua Radu de la Afumati. Hoje sei que devo muito aos maçons, graças a sua tentacular rede de contatos o mundo das artes tem sido mais generoso comigo.

Já nascemos com luz hiperbórea e emoções desconexas, já nascemos transtornados sem saber narrar tim-tim por tim-tim, só com muito esforço e tarde demais descobriremos que alegria é uma questão de momento, que arte é uma palavra gasta e que para cada sim há sete nãos e dois talvez.

Aqui começa a parte confusa. Vou tentar contá-la como se fosse possível, ou momentaneamente possível, retornar ao ponto em que as coisas ainda não tinham esse cheiro de osso queimado.

Como é a passagem do projeto ao ato? Você é mais intuitivo ou do tipo socrático? Acha que o mercado é um incentivo ou execrável? É casado? Foi

a Cuba? E Moscou? Por que não? Com quantos bons projetos se faz um bom artista? Que projeto pretende realizar como convidado da feira, do centro, da galeria, da bienal, da trienal, do encontro, do seminário, do castelo, do salão, do colóquio, da jornada, da noite? Fale um pouco sobre o seu próximo projeto. Dizem que o seu último é idêntico ao projeto realizado por um jovem artista egípcio em Johanesburgo, você tem algo a dizer sobre isso? Você é feliz? Qual é o seu nome?

A maior parte das pessoas nunca teria visto arte se não conhecesse essa palavra. Em 1986 comecei a fazer coisas que por inércia ou petulância receberam esse nome. Uma curadora de Lubliana disse *estupendo estupendo* e foi fogo se alastrando. Pela primeira vez eu recebia convites para sair de Bucareste. Fiz intervenções nas bibliotecas de Chisinau, Cracóvia e Lubliana, até que um dia recebi uma bolsa do governo sueco, um programa de artistas em residência. Foi sensacional como pode ser sensacional viver numa periferia desolada cheia de problemas e conflitos entre imigrantes e nativos. Um desses conflitos era vivido por minha vizinha. Era uma filha de paquistaneses, nascida em Estocolmo, queria se casar com um jovem sueco, bom e belo rapaz, aparentemente tudo como manda o figurino. Mas não. O teatro era outro. O pai da garota não podia aceitar nem permitir o casamento com o bom e belo porque a filha estava desde sempre predestinada ao velho primo da aldeiazinha de onde vinham seus ancestrais. Há séculos e séculos era assim, não haveria de ser de outro modo agora. Dezoito anos completos, era hora de enviar a garota ao seu marido e receber os dotes. O que fazer? Ora, simples. Colocá-la dentro de um avião e jogar uma caneca de ácido no rosto do jovem belo sueco.

Consegui escapar daquele elo perdido um pouco antes do combinado, de lá fui diretamente para outra residência em Herberhausen, na Alemanha, um lugarejo muito limpo e sem maiores atrativos mas onde pelo menos eu tinha tempo de planejar meus próximos passos. Quando essa bolsa estava prestes a terminar recebi o convite de um escultor suíço para trabalhar como seu assistente. O homem sustentava um grupo de artistas que trabalhavam para ele num galpão na zona C de Berlim. Bielorussos e latino-americanos com algum treino em artes manuais, e que falavam suficientemente bem inglês para entender suas ordens. Ele explorava-os pagando pouco e dando a eles como tarefa principal a finalização das suas peças, onde era necessário usar resinas, verniz e tintas abrasivas. Éramos uns doze ou treze trabalhando durante a noite numa antiga pista de patinação transformada em ateliê. A maioria dos ajudantes já se conhecia de antes, vinham quase todos da Academia de Artes Aplicadas de Eindhoven, onde tinham se formado como ceramistas. O escultor permitia que, depois ou antes do expediente, usassem os fornos de alta temperatura que mantinha ativos no fundo do galpão. O mais insuportável desses ceramistas ajudantes era um cara mais velho chamado Waqas que usava uns sapatos com crina de cavalo, com crina de cavalo de verdade, um verdadeiro nojo, e se metia sempre em tudo e em qualquer assunto, nos acabamentos da cerâmica, na comida, na trilha sonora, nas piadas, mal você começava a abrir a boca lá estava ele na frente da sua cara te questionando e te corrigindo. Dizia que os outros eram uns pulhas e gritava Queramik! Queramik! 90 procent faillure! 90 procent failluuure! e com isso acho que queria dizer para nem tentarem fazer algo que não fosse único pois as chances de sucesso na repetição em cerâmica são mínimas. Em contrapartida os outros diziam que o Waqas mijava na porcelana e por isso as peças dele nunca rachavam. E parece que depois esse Waqas mudou de nome para Bilal El Bilal e ficou riquíssimo num circuito paralelo ao nosso, fazendo azulejos e murais, peças únicas, claro, para piscinas e palácios de xeiques árabes emergentes.

As tardes de verão eram tórridas no galpão e o cheiro de resina impregnante, suportávamos com o rádio ligado no máximo, palinka, pisco, champanhe da Georgia, e baldes de vinho doce de Tokay. Quando o dia terminava, e isso frequentemente acontecia no início da manhã do dia seguinte, fazíamos um mutirão de limpeza enquanto ruminávamos ossos do ofício. Algumas cenas se repetiam toda noite. A garota brasileira dizia alguma coisa farpada sobre a autocomiseração moldava, era algo sobre o prazer de remoer as próprias misérias ser equivalente ao prazer de ser miserável e que então ela, a bela moldava, merecia todos os reveses pelos quais tinha passado e que o seu país, dela brasileira, era tão miserável quanto a Moldávia, só que bem mais quente e maior e mais caro. A moldava se calava e fingia não ouvir nada, mas pensava na brasileira como uma aventureira pedante, uma Aufklärer do país da goiabada e Chisinau sim, era o fim do mundo, pois lá são pobres todos, inclusive os ricos, e o único prazer que se pode ter num lugar assim é o de contar histórias do desprazer que lá se tem. De fato nunca entendemos por que a brasileira se submetia àquele trabalho, era filha de diplomatas mas se apresentava como nômade. Fora do galpão ela preferia não se apresentar como brasileira, dizia colombiana ou argentina para não ser olhada como duas enormes nádegas a chacoalhar. A moldava também não se dizia moldava, dizia búlgara, húngara ou romena, irritada por precisar repetir sempre e de novo Moldávia para quem ouvia Maldoba, Morolva, Molvoa, e até mesmo Milwaukee. Nenhuma das duas tinha passado fome e o fim do mundo deve ser mais questão de tempo do que de lugar. Aquilo entre elas era amor com lama e ninguém ousava interferir.

Não sei quando nem exatamente por que comecei a sentir que estava me desperdiçando em bolhas provisórias, adiando sempre mais um pouco o momento de cair no limbo onde tudo é possível, inclusive a morte ou o amor. Então de novo, um novo lugar, com uma bolsa mais ou menos generosa, em geral rala, e o mesmo esforço de tocar e ser tocado mais de perto por seis de uma dúzia de pessoas que desconfiam umas das outras ou apenas se toleram mutuamente e que você nunca mais verá quando aquilo terminar. Eu me considerava e era frequentemente considerado cético e esnobe, eventualmente um pobre rapaz acanhado do leste, para mim era apenas questão de não pensar. Eu era um esquilo juntando coisas para um dia desistir de verdade e depois desistir de desistir. A pedido do escultor e também porque ninguém aguentava ficar muito tempo na mesma tarefa, nos revezávamos entre manipular resina e a preparação das embalagens para o traslado das obras. As esculturas eram enormes, coloridas, cinicamente alegres, e não me espantaria se as visse em parques infantis.

Um dia o insuportável Waqas chegou esbaforido lendo em voz alta um artigo de uma revista científica em que se provava por A mais B que aquela merda de resina que usávamos nas esculturas era, além de abrasiva e fedida, comprovadamente cancerígena. Decidimos sair fora juntos, abandonamos o escultor naquela mesma noite. Depois de muita palinka e por unanimidade de votos destruímos as esculturas em preparação, empacotamos e atiramos tudo no Spree. Na manhã seguinte lá estava o nosso escultor chorando e tergiversando na tevê, com carinha de pietà e umas malversadas lágrimas, dizendo que os artistas da nova geração eram uns desalmados, uns desumanos, uns oportunistas, uns egoístas, uns esnobes sem nenhum talento, uns biscateiros de merda, umas putas desmemoriadas. Dava pra ver a raiva envernizando cada sílaba, e no fim da reportagem aproveitaram para mostrar imagens das suas hórridas esculturas com minuetos de Chopin ao fundo.

Meu nome é Ciprian Momolescu e eu tinha dito a mim mesmo que aquilo ia acabar. Tinha que acabar, já estava acabando, já tinha quase acabado, mas por algum motivo continuava. Eu não queria experimentar de novo a mesma sensação rançosa, a mesma cavalgada viciada, na mesma companhia de artistas presunçosos mais ou menos sabidos, exibindo o mesmo falso interesse recíproco, dois ou três loucos reais, uns três falsos loucos e alguns mentecaptos com remotas chances de iluminação que mais cedo ou mais tarde enriqueceriam ou afundariam na própria idiotia. As pessoas vinham com seus abismos enrustidos, narcisos secos ou em plena floração. Eventualmente aparecia um que sabia cozinhar de verdade ou apegado a um animal de estimação. Eu mesmo viajava com Li Po e era estupidez acreditar que minha infelicidade fizesse de mim um alguém muito diferente dos outros. Eu só estava um pouco mais cansado do que a grande maioria. Eu era o animal próximo demais para ser exótico e distante demais para ser um deles. Esperavam que eu fosse um outro Dan Perjovschi, um Dan da nova geração. Tudo contra a ideia de uma nova geração, embora nada contra Perjo, nada mesmo, eu adorava Perjo, só que meu trabalho não tinha a sedução das suas sátiras sociais e, que eu fosse romeno ou peruano, no fim das contas não fazia tanta diferença. Como os velhos pedagogos que não ensinam às crianças do deserto a palavra neve antes da palavra suor, eu estava impedido de ser qualquer coisa antes de ser quem eu era. Na matemática rápida do fim do regime, ganhava quem soubesse embalar e vender sua condição pós-comunista, e de todos, quem melhor soube fazer isso e com dignidade foi Perjo. E para ele isso não era um objetivo, era uma questão de fatalidade e era uma questão de perspectiva de ataque. De resto havia ainda os derradeiros suspiros da nova figuração — pintores e pintoras que se recusavam a pagar tributo ao mito do ditador mas adoravam imortalizar os pequenos mitos da sua banalidade cotidiana. Cada um tinha um duende-otário no intestino delgado. Aliás ser ou fingir ser estúpido era inevitável e até mesmo, em determinadas circunstâncias, necessário. Eu me teria dado por satisfeito se conseguisse manter os olhos abertos, nem que fosse só para chorar.

Depois da temporada no galpão com matéria tóxica vaguei durante alguns meses sem visto, entrando e saindo de Shengen, conhecendo o lixo branco europeu e o auxílio caridoso de algumas instituições. Apesar de tudo eu cultivava a ideia de que alguém ou alguma coisa intercederia por mim quando se esgotassem todas as minhas possibilidades de permanecer no ocidente com alguma dignidade. Depois de algumas tentativas malogradas consegui uma nova bolsa. Desta vez o destino era a Dinamarca e a instituição que me abrigaria chamava-se Das Beckwerk.

Em Copenhague me esperava o Senhor Ole Ordrup, que acumulava as funções de tesoureiro e coordenador de projetos. Era um sujeito ansioso, mal escondido atrás de um chapéu de feltro bege. Me recebeu amavelmente com um cartaz de boas-vindas em russo. Era bem menos ríspido do que nas cartas que me havia escrito para acertar os detalhes da chegada. Acomodou a bagagem no porta-malas do carro e sem me olhar nos olhos disse que aguardávamos um outro bolsista, Tudor, o poeta de Gherla, muito premiado, você deve conhecer, disse ele. Mas não, eu nunca tinha ouvido falar dele, e comecei a imaginar a mistura de eloquência e dança folclórica que teriam feito daquele homem um grande poeta de Gherla muito premiado. Tudor de Gherla escrevia litanias, litanias da lua, litanias do Anjo Mau, em versos breves e rimados. Quem poderia supor um poeta de Gherla devoto de satã e das coisas celestes escrevendo litanias e o que é pior, publicando, e o que é pior ainda recebendo prêmios e reconhecimento por isso. A poesia romena é mais misteriosa do que parece e para todos os efeitos o Senhor Ordrup tentava se mostrar satisfeito em ter o grande Tudor de Gherla entre os bolsistas, e aliás o Senhor Ordrup não gostava de ser chamado de Senhor. Logo se mostrou bastante acessível e falastrão e naquele dia estava incrivelmente perfumado de modo que, quando os vidros do carro se fecharam, as frases mal descolavam da sua língua eram arremessadas numa nuvem de bergamota, jasmim, sândalo e toques de canela. Mas antes dos vidros se fecharem Tudor de Gherla havia surgido. Com pequenos olhos muito negros e uma camisa de flanela verde chamativa ele nos cumprimentou como um velho camponês de Gherla cumprimentaria seus primos citadinos, embora na voz rouca houvesse algo contradizendo o que sua figura exibia, era um tom levemente irônico que nenhum camponês ousaria. Entrou no carro trazendo um cheiro de suor acumulado que em poucos minutos arruinou as notas mais sutis do perfume de Ole Ordrup e quase me fez vomitar. Nada em Tudor inspirava amizade.

E no entanto.

A Fundação Das Beckwerk não era exatamente filantrópica, Tudor não era exatamente quem Ole Odrup dizia ou acreditava ser, mas é preciso ir devagar com as palavras.

Um artista é sempre alguém muito parecido com o sujeito que procura parecer interessado na conversa mas no fundo se pergunta se não terá deixado o gás aberto antes de sair.

Antes de pertencer à Fundação Das Beckwerk, o edifício onde viveríamos ali tinha funcionado como uma fábrica de licor. Era um prédio amarelo-claro, com uma enorme fachada cheia de janelas de madeira pintadas de branco e um portão preto robusto, e no alto dele uma inscrição em baixo-relevo indicando que lá morou ou trabalhou seu proprietário, Peter Heering. Na parte de baixo do portão havia uma porta menor, ou porte cochère, para entrada de pedestres e cães. Uma vez atravessado o portão era preciso passar por uma espécie de túnel que terminava em um pátio quadrangular calçado de paralelepípedos, e em volta dele havia mais dois prédios com o mesmo tom de amarelo e várias portas, também idênticas, que deixavam o visitante confuso. Da janela do quarto que me tinha sido destinado dava para ver um pedaço do canal de Cristianshavn. Dois pequenos barcos ancorados balançavam — *La Soñadora* e *Gentle Persuasion*. Na sala havia poucos móveis e também poucos objetos, uma estátua de terracota de Humbaba, uma pintura nervosa de Asger Jorn, uma pintura de espaços vazios de Hammerchøi e uma foto em preto e branco de uma pessoa nua correndo numa praia de braços erguidos. O sol iluminava um vaso de flores lilases e amarelas e o couro rosado de uma poltrona. O lugar era certamente agradável e de uma elegância simples quase pedante. Então os habitantes da Dinamarca acreditam em Deus, disse Tudor em tom sarcástico enquanto admirava uma pequena gravura com o rosto do bispo Severin Grundtvig num canto meio esquecido da cozinha.

Eu e o velho éramos os primeiros romenos a receber uma bolsa da Fundação Das Beckwerk. Porque um dos apartamentos tinha infiltrações e estava em obras teríamos que dividir o mesmo espaço por algumas semanas. Naquele primeiro dia Tudor foi insuportavelmente teatral, tudo nele me incomodava, seus bigodes de Stalin, sua cara suada e seus comentários capciosos e previsíveis. Dificilmente alguém imaginaria que fosse o que era, um lírico sonhando a fusão impossível do verme humano com matéria lunar.

Naquela mesma noite havia uma pequena reunião no quarto de uma das artistas. Sophie Nys, a garota belga, fazia um vernissage improvisado no seu quarto com cerveja polonesa amarga comprada em um quiosque clandestino. Além dos artistas em residência havia um público antipaticamente cool formado pelos amigos e amigos dos amigos dos artistas, quase todos artistas, alguns jovens críticos da moda e familiares com muitas bicicletas de caçamba para as crianças.

Gesticulando e rindo alto junto à mesa de bebidas havia um sujeito baixinho que reconheci imediatamente como sendo Pavel Braila, de Chisinau.

Tínhamos estado juntos numa residência meio terrível numa aldeia do sul da Alemanha de onde fomos expulsos — injustamente — depois que a vizinhança passou a acreditar que o gato Li Po, resgatado de um temporal, fosse um ser malfazejo e mefistofélico, e que nós artistas fôssemos seus pactários desvirtuando os nobres e castos destinos do povo do lugar. Pavel Braila era simpático e sorridente, muito pequeno, a ponto de poder ser confundido com uma criança ou um anão. Não era um problema para ele, o seminanismo tinha se tornado um delicioso motivo de autoironia que produzia frequentemente um tesão incendiário nas mulheres e simpatia nos homens. Seu sex appeal era realmente impressionante e praticamente infalível. Em Copenhague não seria diferente, em poucas semanas seria levado para a cama nos braços da mais bela ninfa de toda a ilha. Reencontrá-lo me trouxe um certo alívio. Além disso parecia mais relaxado do que antes e deduzi que se devia ao fato de estar fazendo sucesso com uma videoinstalação chamada *Sapatos para a Europa* que encantou Harald Szeeman e havia sido exibida na Dokumenta de Kassel. O trabalho mostrava o processo de troca de trilhos na pequena estação ferroviária de Ungheni, na fronteira entre a Romênia e a Moldávia, onde é necessário adequar a largura dos trilhos russos usados na Moldávia e na Europa do Leste, para a largura padrão dos trilhos ocidentais usados pelos romenos. Uma enorme mão de obra é envolvida diariamente nessa conversão, cada trem fica detido por três horas e deve ser erguido dois metros no ar para que também as rodas sejam substituídas, enquanto isso dura os passageiros são verificados pelos agentes da alfândega. Como na Moldávia é proibido filmar em espaços públicos, o vídeo foi feito clandestinamente, e as imagens eram de uma simplicidade quase singela, de fato muito atraente.

Atrás de Pavel havia uma mulher com uma saia escarlate cheia de berloques que falava intensamente como quem saboreia o som da própria voz. Dizia ter se convertido a pintura depois de assistir um filme com Ofélia Medina no papel de Frida Kahlo. Mas já não pintava, fazia filmes complicados (e caros) que projetava apenas uma vez e depois destruía diante do público. Assinava María Blanchard e detestava ir ao banco, orégano, teorias de Aasmund Olafson, e disse ter escutado o chamado de Deus diante do Broadway Boogie Woogie.

Nessa noite também conheci Volker, fotógrafo e andarilho, que viajava entre Berlim, Munique e Basel e depois em sentido contrário, com sua esposa e sua filha, o bebê Luisa, fazendo pequenas sequências fotográficas que depois exibia em flipbooks. Até então Volker tinha sido uma espécie de personagem semilendário sobre o qual muitas pessoas falavam mas ninguém conhecia de fato.

Seu lema era o lema de Paulo Tarso "Isso que você vê vem do que não se vê", e para ele todas as respostas para o enigma do invisível estavam na passagem do tempo, não grandes arcos de tempo mas pequenas fatias. Um dos seus encantadores cinemas de bolso mostrava a história de um sorriso. Era um garoto de 11 anos de idade no máximo, gordinho, rosado, daqueles que têm maminhas. Encontrou-o tomando banho em um canal com um grupo de amigos, e de todos eles o que mais chamou atenção de Volker foi o doce leitãozinho. O menino ficou tão maravilhado em ter sido ele o eleito que não podia ter sido outro o objeto das imagens senão o surgimento de um sorriso meio tímido meio maroto, que não deve ter durado mais do que cinco segundos, e nem carecia pois aqueles cinco ou seis segundos de iluminação fotogênica demoliam as mais ultrajantes convenções de alegria terrestre.

Dividindo o mesmo apartamento que Volker, mas sem nenhuma relação sexual aparente, havia uma garota japonesa que naquela noite usava um capacete e roupas em tons de cinza, do cinéreo ao cinza de neve suja, criando um degradê muito bem calculado. Seu nome era Miki Tawada e não fazia nada, apostava na performance e na transformação da ação em espera, da presença em sombra, do rastro em espectro. Miki ficava parada com seus caderninhos e seus sanduíches de frango, esperando, esperando. O resultado era difícil de definir, algo entre um teatro de afecções e o fetiche da inação. Miki sustentava a ideia de que a arte contemporânea, sem distinção de país ou época, se distribuía entre oito categorias:

>cínica
>fofa
>estúpida demais para ser cínica
>sublime demais para ser fofa
>neotrágica (existencial-conceitualista)
>autoimplosiva
>autoindulgente porém com brio
>sem superego

Miki se incluía entre os neotrágicos existencial-
-conceitualistas, mas não tinha a coragem auto-
destrutiva dos artistas que mais admirava (Blinky Palermo, Eva Hesse, Bas Jan Ader). Incapaz de um gesto drástico, Miki dilatava o tempo na espera do impossível retorno do artista holandês Bas Jan Ader, que no dia 9 de julho de 1975 partiu de Cape Cod, sozinho, numa pequena embarcação construída com ajuda do seu galerista e da sua namorada, num projeto batizado ironicamente ou sem ironia alguma de *Em busca do milagre*. Restos do barco foram encontrados meses depois na costa irlandesa e nenhum vestígio do seu único tripulante. Para Miki havia Deus no céu e Bas Jan Ader no oceano, e numa área menos nobre desse pódio ela situava as teorias de Akasegawa Genpei e uma de-

voção mal resolvida pela Arte Secreta ou Descida ao Cotidiano da arte japonesa dos anos sessenta. Assim, quem a via sentada nas areias da praia de Amager numa tarde cinzenta imaginava que fosse apenas uma pessoa entristecida, mas era uma mulher contemporânea em pleno exercício de sua arte.

É impressionante, disse Miki, a quantidade de gente que você conhece quando fica no mesmo lugar. E era verdade. Um dia ela ganhou um sabre húngaro de um velho bem velhinho chamado Nereo Zorovini ou Zorovich que caminhava nas areias Amager aos domingos. Era um italiano, ex-oficial da reserva, e tinha estado na Abissínia, onde trocou um relógio de pulso por aquele incrível sabre em forma de serpente com a inscrição PRODEO ET PATRIA, de um lado, e, do outro, o desenho de um sardo a cavalo empunhando o próprio sabre. Esse Nereo só saía vestindo seus antigos uniformes de reservista, jaquetas verde-escuras com dois bolsos na frente, camisas com colarinhos pontudos dos anos 30 e gravata preta. Deve ter se interessado por Miki porque ela também usava uma espécie de uniforme, sempre em tons de cinza e com capacetes de operário, na verdade capacetes dos movimentos estudantis do Maio Japonês que ela colecionava desde os 13 anos. Em troca do sabre Miki deu a Nereo uma foto dela mesma, nua, de costas, com uma toalha enrolada como um turbante, numa pose que fazia pensar na grande banhista de Ingres.

No quarto mais alto da Fundação vivia a argentina Valeria Hasse, designer gráfica convertida a joalheira, naquela época fazia complicadas peças únicas neobarrocas. Eram joias de vestir, quase roupas realmente, feitas com restos de joias quebradas, pedras verdadeiramente preciosas e bijuteria chinesa, fechos metálicos de bolsas e mochilas dos anos 80, sementes, missangas de plástico e outros cacarecos que ela ia juntando. Seria horripilante se sua habilidade escultórica não fosse de fato impressionante. Os colares e presilhas eram tão fascinantes que pela primeira vez na história de Buenos Aires, além de pérolas e paetês, flores e rubis, as noivinhas da alta aristocracia também ostentavam lixo e simulacro. A ideia tinha surgido no auge da crise econômica argentina, Hasse gostava de dizer sou o Proust da sucata, é lá que estão os meus tesouros, os meus lingotes, os fechos de prata, de vermeil, de esmalte cloisoné mais valiosos do cosmos.

O velho Tudor parecia desprezar aquele ritual de liberdades calculadas e falas ensaiadas, mas passou a noite tentando seduzir uma artista holandesa chamada Barbara Visser que fazia uma pesquisa sobre o fugitivo Clemens K e que gostava de fazer escaladas, beber chá de hibisco e tinha mania de quebrar biscoitos ao meio antes de comê-los.

A noite é pouco cuidadosa nos seus arranjos, aquela foi longa e tortuosa e terminou com o rosto desolado de Miki e um bonsai sujo de vômito.

Quando os dois primeiros ciclistas do dia cruzaram a ponte de Cristianshavn descobri meus pés amarrados aos pés de uma escrivaninha. Não sei como cheguei até ali nem gostaria de saber.

No dia que começou bem tarde saí caminhando pelas ruas à procura de um lugar para comer. Depois de atravessar dois quarteirões percebi um pouco atrás de mim, no mesmo ritmo dos meus passos, uma mulher de burka que caminhava atraindo a atenção dos transeuntes.

Dobrei uma esquina, ela também. Virei a esquerda depois a direita e depois novamente a esquerda e ela continuava vindo. Entrei num café, ela também, me sentei, ela se aproximou, pediu licença, se apresentou. Talvez me confundisse com outra pessoa. Talvez estivesse fugindo, talvez tivesse algo importante a dizer. Mas a mim? Tinha uma voz grave e quente e falava sem ansiedade alguma. Atrás da burka não havia mulher alguma mas um homem chamado Dolinel, um artista que vivia na cidade há vários anos. Suas intenções: fazer vir a tona a falsa tolerância e a gama infinita de sentimentos repulsivos e frequentemente ocultados mas sempre presentes no dia a dia dos habitantes de Copenhague. Dolinel perguntou por Pavel Braila, tinha algo a tratar com ele, assunto que não quis mencionar e que logo ganhou ares funestos. Como não o encontrou decidiu caminhar atrás de quem primeiro saísse do grande portão de Heerings Gaard. Assim foi que começou a me seguir, por gostar de se deixar desviar aleatoriamente, na ilusão de que enganava a implacável mão do destino com um punhado de acaso jogado ao vento. Ficamos ali debatendo constantes universais e inversões de sentido como se fossem pequenas diferenças narcísicas, tudo sob os olhos perplexos da garçonete e de uma jovem mãe com duas crianças desbotadas que não paravam de falar e apontar na nossa direção. Dolinel argumentava lentamente como se suas ideias fossem difíceis de parir, tinham de passar por um lenta máquina compressora, um funil, uma peneira, até finalmente saírem sob a forma de último suspiro. O que ele dizia não trazia nada de novo, embora também nada fosse totalmente obsoleto. Perdi o apetite.

Naquela noite recebi um telefonema, era o primeiro desde que tinha chegado em Copenhague e eu não podia imaginar quem seria já que nem eu sabia o número do aparelho instalado no meu quarto. Uma voz do outro lado da linha me perguntou nome, procedência e quis saber se eu tinha intenção de continuar a realizar intervenções em bibliotecas. Confirmei minha intenção e a voz disse, parabéns, gostaria de conversar com você sobre esse assunto, meu nome é Luda, sou curadora, e sei que a Biblioteca Real está tentando criar novas dinâmicas de relação com o público-leitor e estaria aberta e mesmo interessada nesse tipo de proposta.

Ela, a dona da voz, vinha de Minsk, na verdade de um pouco mais longe. Vivia em um belo apartamento em Nyhavn e logo adquiriu o hábito de me telefonar tarde da noite para acertar detalhes do projeto de intervenção n'O Diamante Negro. Havia muita burocracia envolvida, ela parecia verdadeiramente empenhada embora nunca tivesse tempo para me encontrar pessoalmente. Durante quase dois meses ela ligou e ligou e ligou. Eu a imaginava caminhando sobre as tábuas claras de madeira do apartamento claro com uma roupa clara cobrindo um corpo muito claro e sardento. Sozinha, mais que sozinha, desamparada. O marido, se existia, só podia ser um tipo alto, vetusto, meio louco, metido a gênio. Ela sozinha em casa descascava maçãs, aceitava que as coisas são, folheava antigos números de *Art Forum* com imagens de obras que ninguém nunca mais saberia que existiram um dia. Mas a imaginação é mesmo uma perua velha radioativa, mal essas imagens comedidas começavam a ganhar consistência, Luda se transformava na mulher do posto de gasolina ou na mulher do comercial de Marlboro, translumbrante como uma ninfa enrolada em tecido sedoso esvoaçante, caminhando numa praia deserta, vindo na direção da câmera com os lábios entreabertos, até parar e enfiar a mão por dentro dos tecidos e tirar de lá um cigarrinho Marlboro, nesse ponto se tornava visível o seio que faltava e diante da beleza extrema daquela mulher cancerosa a imaginação estancava.

A Luda que conheci no mundo dito real era bonita e circunspecta. O marido existia mas ela já não sabia nem onde nem com quem. Isso tinha inúmeras consequências, incluindo ansiedade e medo. Às vezes no meio da noite o telefone tocava. Ela atendia com um misto de felicidade e horror. Do outro lado, nada, ninguém. Ela esperava, ela esperava, ela esperava, ela esperava o quanto fosse necessário. E de tanto esperar, ela às vezes achava que conseguia ouvir, longe, bem distante mesmo, alguém, uma respiração. Quando a ligação caía ela corria até o banheiro e vomitava. Acontecia com uma certa frequência, mas não o suficiente para que ela se habituasse ou perdesse as esperanças.

No edifício da Fundação Das Beckwerk a vida seguia seu curso. Li Po destruía cada dia um pouco mais o couro rosado das poltronas. Volta e meia Ole Ordrup batia à nossa porta pedindo uma resposta, no entanto era evidente que o real motivo daquelas visitas não programadas era a simples necessidade de encontrar ouvidos desimpedidos para acolherem dois dos seus assuntos prediletos, banhos de inverno e a arte de fumar. Eu o convidava para um café e ele nos apresentava sua mais nova aquisição, um modelo relativamente pequeno, de uns treze centímetros de comprimento, marca Brebbia, com fornilho reto, ou seja, um cachimbo bastante convencional, exceto pelo tamanho, mas não tão curto a ponto de ser um "brule gueule", ou como sintetizou o vendedor da lojinha de Turim: *un pipotto da tenere in tasca*. Prático, equilibrado, não esquenta demais. E emendava em aforismos e breves veredictos sobre pessoas de gosto duvidoso, ou tabagisticamente pervertidas, chegadas a fumos aromatizados com cereja, pêssego, chocolate ou pasta de dentes. Não tinha uma preferência total e absoluta por um dado tipo de fumo, mas tendia sempre a optar pelas misturas com doses generosas de Latakia e especiarias árabes, reconfortantes nos dias curtos e escuros. "Em boa companhia gosto de fumar tabaco da Virgínia nas variedades red Virginia, blonde V. e black V. Esse é poderoso, só pra de vez em quando. Temo o dia em que os fumantes serão totalmente banidos do mundo, vocês sabem, não demora muito, pensem no desperdício da sabedoria acumulada pelos fabricantes de misturas, como o Dunhill, Petersen, Capstan, Rattrays, etc., todos eles processam as folhas, cortam-nas, fazem as misturas com ciência e carinho. Noutros tempos era de bom-tom registrar a própria mistura numa dessas boas casas do ramo ou também em tabacarias pequenas mas de respeito, como a das Wilkie Sisters, creio que na Madison. Ainda tenho dois cachimbos comprados lá por volta de 1972. Se um dia voltar a acender um cachimbo, certamente será com Latakia. Pelo menos é a fantasia que me ocorre agora neste dia em que o sol ergue os seus punhais sobre o reino deste mundo. Ordrup tinha câncer na laringe e também tinha um cachimbo de ópio que agora só usava para fazer bolhas de sabão que alegravam seus sobrinhos e Li Po. Aquele homem meio aparvalhado e cheio de manias dava a impressão de querer desviar nossa atenção do fundo mais escuro de alguma coisa que não se deixava identificar. Discorria sempre sobre assuntos que por algum motivo nos mantinham atentos e sobre os quais não tínhamos como tomar partido ou emitir alguma opinião. A sua ambição na Fundação Das Beckwerk ia certamente além da garantia de obter elogios de pessoas ilustres num obituário que não tardaria muito a ser escrito. Eu fazia mais café, Tudor enrolava a ponta dos bigodes, Li Po se aconchegava na poltrona e logo retomava o tema dos banhos de Ordrup.

OS BANHOS DE ORDRUP

De Helgoland ele vê a terra firme da Suécia a vinte quilômetros, as águas congeladas se estendem por vinte quilômetros. Os aviões sobem e descem ali perto e os dias de que ele mais gosta são feitos de um sol coruscante e água de no máximo seis graus. Tudo muito silencioso e iluminado. É uma purificação, uma reencarnação de si mesmo, ou, se você quiser, simplesmente algo especial. Todos nus, entram brancos e saem vermelhos. Finalmente ele entende o que significa estar vivo e ter um corpo com bilhões de células nervosas e litros e mais litros de sangue em fluxo contínuo. A alma voa longe. Ele não quer nada. Observa coisas que normalmente não percebe, pequenas folhas com uma inclinação engraçada, pétalas de flores caindo em espiral. Tudo se resolve, os seus piores temores. Os banhistas se despedem como cavalos, relincham uns para os outros e se afastam, voltam para suas casas, dormem o sono dos bebês e então o verdadeiro dia começa.

Um dia Luda e eu e eu e Luda. Eu me sentia bem junto dela. Ela andava particularmente feliz pois acabava de conseguir dinheiro de uma marca de água gasosa para uma exposição com a qual vinha sonhando há alguns anos e que aproximaria a obra do checo Miroslav Tychi — um homem que construía suas próprias câmeras com sucata e se dedicava exclusivamente a fotografar as mulheres da sua cidade — e as imagens lúbricas de Alair Gomes, que desde os anos sessenta fotografava em preto e branco rapazes seminus nas praias do Rio de Janeiro e certo dia foi brutalmente assassinado por um de seus modelos. Dentre todos os adoradores de corpos em preto e branco o seu preferido chamava-se Harry Callahan. E tudo o que Harry Callahan amava ela também amaria. E como Callahan gostava de Ansel Adams que gostava de fotografar montanhas como se fossem corpos imensos vislumbrados com uma intimidade que incluía distância e tempo, ela amava Adams. E como Harry Callahan gostava de fotografar Eleanor, sua mulher, como se fosse uma grande formação rochosa, sólida e plácida como uma presença que desafia o tempo, ela amava Eleanor. De fato as fotos que fez da esposa eram muito bonitas e transmitiam uma intimidade calma, um tipo de arrebatamento emotivo que exclui o drama, a histeria. Luda me disse que Eleanor disse que não era nada muito complicado, Harry simplesmente gostava de fotografá-la, "Em qualquer pose. Chuva ou sol. Não importava o que eu estivesse fazendo. Se lavava louça ou adormecia. E ele sabia que eu nunca, nunca diria não. Eu sempre estava lá para o que ele quisesse. Pois eu sabia que ele sempre faria a coisa certa. Eu nunca temia. Harry podia fazer o que quisesse com meu corpo".

Tudor não gostava de Luda. Li Po gostava. Eu gostava do filho dela. O filho dela gostava de biscoitos de canela. Ele quase não sorria mas seu olhar se acendia quando assistia a *As aventuras de Pippi Meias-Longas*.

Conheci Luda pessoalmente na tarde em que fui assinar o contrato com a chefe executiva da Biblioteca Real, o Diamante Negro de Copenhague, de modo que o horror dos telefonemas noturnos só me foi revelado muito tempo depois. Cumpridas as formalidades com a equipe da biblioteca, ela me convidou para tomar um vinho em comemoração, conheceria seu marido e filho, o apartamento não era muito longe dali, se quiséssemos iríamos caminhando ou pegaríamos o doze. Fizemos a pé o seu trajeto de todos os dias passando pelas ruas mais desabitadas de Nyhavn, assim evitávamos a histeria dos turistas.

Havia um enorme olho grego junto à porta de entrada do apartamento. Tentei imaginar que tipo de sonhos ruins ela precisava dissipar. Quando ela girou a chave e a porta se abriu vi imediatamente uma pera sentada como um pequeno buda sobre a mesa da sala e junto dela um molho de chaves reluzente. Depois notei alguma coisa escrita no tampo da mesa de um jeito meio repugnante. Luda desviou o olhar e entendi que era algo constrangedor ou muito sério, também desviei meus olhos e fingi admirar apenas as curvas da pera, uma fruta tão bela afinal. Ela foi até a cozinha e trouxe copos vazios como se estivessem cheios. Ela me entregou o copo maquinalmente e se aproximou maquinalmente da janela da sala. Ela pressionou o corpo contra o vidro. É claro que era uma tarde linda e ensolarada e que as nuvens tinham forma de camelos e corações partidos. O filho estava dormindo, e Luda se movia cada vez mais lentamente, como se uma névoa tivesse caído sobre ela, que agora tentava adiar a passagem do tempo sem coragem de enfrentar as chaves deixadas sobre a mesa e o bilhete de despedida em letras de mostarda. Respirava profundamente e apertava um lábio contra o outro para impedir o choro. Eu me perguntava que tipo de pessoa deixaria um bilhete de adeus escrito com letras de mostarda, mas nenhuma resposta satisfatória me vinha em mente e nesse momento o grande vidro da janela da sala me salvou, porque era grande e porque era vidro e funcionava como um filme e me permitia dar àquela nova amiga o tempo que ela precisasse para se recompor ou me pedir para sair. Uma menina vinha de bicicleta. Um cachorro manco andava rente ao meio-fio. Uma ruiva decidida. Um carro vermelho passou varado. A menina de bicicleta cruzou com a mulher ruiva. A mulher ruiva enxotou o cachorro manco e continuou caminhando até chegar num conversível prateado. Abriu a porta do conversível mas não entrou. Isso foi estranho. Mas logo depois o corpo inteiro da mulher ruiva estava dentro do conversível. Ela atou o cinto de segurança mas não deu a partida. O céu mudou de cor, já era noite, eu ainda não tinha conseguido dizer uma palavra. A mulher ruiva continuava parada dentro do carro conversível sem ligar o motor. Isso também era estranho. Olhei para as mãos de Luda que tremiam e quando voltei a olhar pela janela a mulher ruiva estava debruçada sobre o volante. De onde eu a observava havia muitas possibilidades. A mulher podia estar chorando, a mulher podia estar exausta, ou meio bêbada. Mas daí ela começou a se mexer naturalmente, parecia uma pessoa normal, só um pouco cansada talvez. As mãos de Luda ainda não tinham parado de tremer. Agora a mulher ruiva estava se mexendo com toda a naturalidade do mundo. Seu corpo e seus pensamentos pareciam de novo conectados. Ela ia dar a partida. Afinal, era hora de partir. Mas não, pelo contrário, desistiu de vez. Não era o bom momento. Ela devia ter suas razões. Ela continuou ali parada dentro do carro prateado parado. Luda também continuou ali parada, encostada contra o vidro da sala com as mãos trêmulas sem dizer nada porque naquele instante o seu coração estava saindo pela boca e eu simplesmente achava que a única coisa digna a fazer numa hora dessas era ficar quieto e deixar o tempo fazer o resto. Mas a tensão era tão grande que de repente eu estava mexendo os lábios e dizendo veja, a mulher foi embora e aquilo soou tão mal e despropositado que me senti obrigado a compensar imediatamente aquela falta de jeito, então peguei a mão dela que ainda tremia e disse, vai ficar tudo bem, Luda.

A intimidade tem modos estranhos de surgir. Depois daquela tarde havia intimidade entre nós. Não era um começo muito bom mas ainda assim era um começo.

Luda é Ludmila Pokova. Passamos juntos uma semana inteira que ao terminar me pareceu bem curta. No domingo fomos à praia e decidimos voltar caminhando até o seu apartamento. Era bem mais longe do que havíamos calculado, e tarde da noite ainda estávamos na Strøjet, deserta e silenciosa, tão silenciosa que se ouvia o eco tlaaac-tlaaac dos saltos de Luda tlac-tlac enquanto caminhávamos. Estávamos cansados e sonolentos e meio bêbados, já tínhamos andado por muitas horas, eu só pensava em nunca mais voltar a pôr os pés no chão e não entendia por que não podíamos simplesmente parar e descansar um pouco. Luda bêbada repetia um ditado bielorrusso sem sentido sobre bêbados não interromperem nada nunca, mas naquela rua vazia, meus pés doloridos, eu não queria sabedoria popular nem conselhos ébrios, então me deixei cair. Luda protestou, mas em seguida fez o mesmo. E ficamos lá um bom tempo admirando o céu e coisa e tal, quando finalmente juntamos forças para levantar Luda se deu conta de que tinha perdido a carteira. Era grave não pelo dinheiro que era pouco mas porque na carteira ela guardava uma foto da mãe em 1968. A única foto dessa mãe antes de uma cirurgia de queixo. Eu mesmo não cheguei a ver, mas ela descreveu a forma do queixo, e de como se juntava com a boca e depois a luz pousando sobre os cabelos e como saía por uma fresta e depois voltava magicamente e se dispersava sobre o rosto que sorria suavemente de alguma coisa ou do fotógrafo. Ela usava um cachecol de pele de raposa, daqueles que hoje em dia provocam revolta e arrepio, palavras que Luda associava à figura da irmã e não da mãe.

A mãe de Luda tinha pertencido ao NEMIGA 17, um coletivo de artistas de Minsk que no fim dos anos oitenta se instalou no décimo sétimo andar de um prédio situado numa rua onde antes passava o rio Nemiga. Esse grupo ficou conhecido pela proposta de retorno ao arcaico na tentativa de romper com o realismo socialista que só então e muito lentamente começava a degenerar. O que inspirava esses artistas eram as esculturinhas de madeira lituanas e alguns objetos encontrados na gruta de Tassili na África que não tentavam representar coisas vistas mas estilizar e dar concretude à sensação de temor e encantamento. Ainda foi preciso aturar por um tempo as abomináveis telas de M. Savitski, G. Vashchenko e Shchemelev enquanto algumas formas ligeiramente alternativas começavam a aparecer nos trabalhos de Z. Litvinova e A. Kuznetsov. O pessoal do NEMIGA se encontrava para discutir romances de Vladimir Sorokin, Viktor Pelevin e Jack Kerouac — referido por eles como *literatura hippie* — e a filosofia de Valery Podoroga, Mikhail Yampolski, Yuri Lotman e, claro, Merab Mamardashvili.

O pai de Luda era um alemão que não suportou a vida em Minsk nem o convívio com os membros do NEMIGA que se amavam e brigavam e brigavam e se amavam, numa quase demência de nervos. Largou a cidade e a mulher para se juntar a Gustav Bunzel, provavelmente o único dinamarquês que tinha lido e entendido o segundo volume d'*O capital*. Bunzel gostava de meninos bonitos de costeleta e sua vida era melhor e mais elíptica que um romance, ele era muito conhecido nos círculos estudantis de Aarhus pois ganhava a vida dando aulas inesquecíveis sobre Marx numa sala de cinema desativada. Em 1971 fundou o SABAE (Sammenslutningen af Bevidst Arbejdssky Elementer), um partido trotskista que contava com apenas três membros: ele, o pai de Luda, que tinha vindo especialmente para isso, e um arquiteto italiano que vivia em Milão. Por uma séria divergência na compreensão da noção de ócio, Bunzel decidiu expulsar o italiano do partido. Então ele e o pai de Luda foram de vespa do norte da Dinamarca até Milão para fazer a expulsão pessoalmente. No caminho de volta Bunzel redefiniu suas convicções e sintetizou sua nova fase teórica numa frase que ainda hoje circula nos cursos de história econômica da Universidade de Aahrus: se trabalhar é saudável deixe o trabalho para os doentes. Enquanto o pai de Luda atravessava a bota da Itália sua filha nascia em Minsk e era saudada com vodca pelos membros do NEMIGA. Quando fez 18 anos decidiu conhecer o pai, a essa altura ele vivia como chef da cozinha coletiva de Christiania mas aos olhos de Luda ele parecia só mais um hippie decadente e maltrapilho. O encontro foi triste e indigesto, ela nunca voltou a vê-lo, mas gostou tanto de Copenhague que jurou a si mesma voltar um dia. E assim foi.

Luda acredita que utopia e imaginação em excesso são tão nocivas quanto o excesso de realidade, e diz que o melhor da escultura aspira à música assim como a música aspira à materialidade alucinatória dos objetos. Se o lugar do curador é um pouco suspeito não faz mal massacrar aqui e ali os artistas, afinal, quem se importa? Ela acredita que as novas mídias têm qualidades mas não têm transcendência, e mesmo que nem tudo seja fruição e gozo, ela teve, numa tarde cinzenta, um momento de júbilo diante de uma caixa de concreto. Ela diz que a missão do museu é dar sentido e transmitir, formar e traduzir. Prefere não sonhar, mas detesta pessoas sem fantasia. Gostaria de ter nascido trinta anos antes ou depois. É uma arrivista, ambiciosa e tem os dentes sensíveis demais para comer sorvete. Sua pele é de um branco leitoso com pintas espalhadas pelo corpo. Prefere água morna, banhos longos, homens ligeiramente perturbados. Não se deixa seduzir pela graça dos bichos. Não gosta de Li Po. Gosta do roseiral no pátio interno do museu. Gosta de balas de hortelã e tem muito talento para atravessar assuntos polêmicos sem ferir e sem se machucar. Às vezes sonha com a música do amolador de facas. Prefere a formalidade, a polidez, e não discute política com ninguém. Em público é cortante e pode ser drástica mas na intimidade é só uma menina com perfume de lírio perdida no seu próprio inferno. Alguns retratos disseminados pela casa mostram como seu rosto alegre foi se crispando pouco a pouco. Ela mente mal então prefere não mentir. Ela nunca voltou a Minsk, nem pretende. No verão colhe pequenas flores lilases que depois acomoda dentro de livros de culinária. Ela tem um espanta-espíritos grego pendurado na porta do quarto. No inverno ela faz tortas de papoula e retira dos livros de culinária as flores lilases que ficaram secas e transparentes. Ela pensa na filha da puta da irmã e em todas as promessas, nem uma visita ao garoto, qualquer gesto de cumplicidade, nem precisava ser ternura, ela aceitaria qualquer farelo em nome dos velhos tempos, em nome do sobrenome, em nome do útero compartilhado, ela aceitaria. Ela entra no ônibus laranja e salta, caminha até o correio, envia uma carta com as tais flores secas, as cartas são pequenas explosões de afeto e nostalgia que a irmã já nem se dá ao trabalho de abrir. As palavras ela desenha com o capricho de uma bordadeira, em folhas de papel de arroz, muito leves, muito caras e muito leves. Ela sai do correio muito leve, dura apenas alguns segundos mas é como se tivessem aberto o seu dorso e arrancado a pedra que esmaga o seu coração.

Lá fora a neve começava a derreter, Tudor abria a geladeira, a luz fria iluminava um velho pôster de *Houses of the holy* e escutávamos uma gargalhada sinistra vindo dos prédios vizinhos. Tudor, com sua expressão de tédio, abria a porta e descia até o pátio, fumava um cigarro até queimar a ponta dos dedos e do bigode, tentava localizar a Ursa. Nos seus dias de bom humor saíamos para comer cachorro-quente na carrocinha da esquina. Ele gostava de pegar o barco até a Biblioteca Real e depois de volta a Heerings Gaard e fazer esse mesmo trajeto várias vezes até ser expulso do barco pelo controlador. Algumas vezes caminhamos juntos até a praia onde Miki ficava sentada esperando Bas Jan Ader. Tudor contava piadas grosseiras que ela fingia não ouvir. Não há nada mais patético do que um velho tentando impressionar. Tudor execrava tudo e todos, especialmente o trabalho de Miki e o meu, mas por algum motivo desconhecido me tolerava, parecia até sentir algum prazer genuíno na minha companhia. Nunca falava sobre si mesmo, nem uma palavra sobre a vida que tinha vivido antes de chegar a Heerings Gaard. Não era totalmente feio mas causava nojo às mulheres, falava alto demais alternando um tom peremptório com piadinhas infantis. Pessoas como ele estavam muito próximas de cometer suicídio. O fato de não falar nada sobre seu passado parecia uma estratégia, uma pose, soberba típica do poeta medíocre que ele era, que sempre seria. Só muito depois entendi que era outro o motivo, quer dizer, havia um motivo: não sabendo muito bem quem tinha sido antes de Gherla, e já não sabendo quem poderia ser depois de 1989, e não querendo ser o eterno experimento das prisões de Turcanu, agarrou-se a essa estranha forma de inocência que é a indefinição. Não a inocência dos inocentes, dos bichos e das crianças, mas uma segunda inocência, que só alcança quem passou pelo pior.

O marido de Luda reapareceu e fui instantaneamente arremessado para Júpiter. Luda me evitava como se eu fosse um leproso chegando a galope. A carne é triste e não vi todos os filmes. Naquelas semanas minha cabeça foi invadida por uma procissão de galãs de cinema que interpretavam todos o mesmo papel de marido retornado. Não qualquer marido, mas aquele, o do bilhete de mostarda, o de Luda. Miki que tinha passado uma tarde inteira ao meu lado disse que era um mecanismo típico de cabeças femininas ocidentais. Eu ainda tinha que suportar aquilo — Miki disse que minha cabeça alucinava por um mecanismo ruminatório típico da mulher ocidental. Eu ainda tinha que suportar mais aquilo — Miki dizendo o que revolvia e se disseminava na minha cabeça. Impossível saber o que ela entendia por "mulher" e "ocidental" nem o nexo que estabelecia entre elas. Uma dupla ondulação de tam tam de rumba ou paralelas que tendem a se juntar no infinito. Na história ainda não escrita do ciúme Miki se dedicaria ao capítulo inicial, discorreria sobre a ressonância do rancor sobre as onomatopéias psíquicas e se perderia em cálculos enganadores. Perguntei a ela se queria tocar meu corpo, mas perguntei seriamente, talvez assim deslindasse meus mecanismos ruminatórios com maior precisão. Afinal, era isso que ela queria desde a primeira noite em Heerings Gaard. Nem piscou, continuou serena como se minha voz fosse um chiado remoto. Eu nunca venceria ninguém com uma pergunta. Não havia nada a fazer além de espicaçar mais um pouco o tema do retornado. Musculoso? Vaidoso? Bons modos ou grosseiro? Chantagista ou verdadeiro deprimido? Boçal ou cínico? Luda nunca falava sobre ele, nem havia no apartamento fotografias em que aparecesse. Talvez não existisse. Talvez Luda fosse mais perturbada do que parecia. Talvez a mostarda sobre a mesa fosse de fato uma brincadeira de mau gosto do filho. Talvez o marido estivesse morto ou preso em algum campo de treinamento. Para sofrer mais e melhor eu o imaginava com uma beleza exótica, um indiano rico, iraniano refinado, sultão glutão ou francês lindo e pobretão de Nord-Pas-de-Calais, com uma irmã bonitinha e inocente chamada Albertine que desde criança sonhava em tornar-se garçonete no bistrô mais caro da margem esquerda do Sena. E conseguia.

Então era isso a minha vida, rima pobre atrás de rima pobre, Luda me evitava e os artistas de Heerings Gard me irritavam. Resolvi conhecer melhor a cidade. Copenhague, Copenhague, Copenhague, bandeirolas, caçambolas, gente bonita, bicicletas, alcaçuz, arenque, patê de porco, vendedoras de morangos imunes ao frio. E o que eu mais gostava, o silêncio da neve, as canções dos groenlandeses bêbados, homens e mulheres que cantam e bebem pra não morrer mas às vezes morrem cantando.

Descobri que no Jardim de Frederiksberg havia uma enorme árvore cheia de chupetas nos galhos. As crianças vinham no início ou no fim do ano para pendurar ali suas chupetas queridas. Chegavam com os pais ou em pequenos grupos escolares, um adulto explicava que era ali o lugar, elas tentavam entender e de fato pareciam entender: aquele era um ponto de não retorno. Despediam-se das chupetas, algumas choravam e tanto que soltavam catarro. As maiores se continham, sorriam um sorriso tenso ou então escreviam bilhetes que também eram pendurados nos galhos mais altos. Tudo isso dava ao lugar um ar de magia e sacrifício. Eu assistia àquele ritual como se estivesse vendo um rito iniciático dos novos tempos. Além da criança que precisava se desvencilhar da chupeta, alguns pais traziam um filho menor que vinha, claro, chupando chupeta. E com esses menores acontecia algo curioso, pois eram ainda pequenos demais para entender as complicações do desapego forçado, ou os efeitos colaterais de um rito sem mito, eram também ainda pequenos demais para entender que muito em breve caberia a eles pendurar na árvore aquela maravilhosa coisa de chupar que traziam na boca. Então esses bebezões engatinhavam até tocarem a árvore acreditando ter chegado ao paraíso perdido das chupetas, o Éden dos Prazeres Pueris onde todos os prazeres orais eram permitidos e cultuados.

Num desses passeios esbarrei com a vendedora de morangos de quem eu era freguês nos mercados de domingo. Eu saía pela primeira vez com a minha nova bicicleta e pensava em beber uma cerveja sozinho no fundo de um bar frequentado por meia dúzia de aposentados que chegavam deslizando com seus roladores. Era um lugar escuro mas não deprimente como julgavam os que só conheciam a fachada. A economia do lugar dependia tanto e tão exclusivamente desses velhos que o dono tinha construído um estacionamento para roladores na

entrada. A vendedora de morangos estava à procura de uma bicicleta sem cadeado para ir a uma festa naquela noite e depois devolver. Eu sabia que se ela subisse na minha garupa terminaríamos aquela noite juntos. Fantástico, ela subiu. A noite estava agradável no jardim da antiga fábrica de cerveja, ela disse que até mesmo o clima era semiaceitável para a temporada. Com exceção de um DJ chegar quase no dia seguinte e outro completamente incapaz de caminhar de tanto consumo de ecstasy, a festa estava esplêndida, de fato. Um bonitão com ar inglês e um corte de cabelo ridículo se aproximou da vendedora de morangos como se eu fosse uma sombra esquecida pelo caminho, me afastei sabendo que dali em diante eu deveria me entregar às bebidas e a uma dança solitária sob aquele céu estrelado. Na pior das hipóteses ficaria horas admirando o neon de uma publicidade indecifrável que não parava de piscar. Ela rapidamente dispensou o rapaz, um tal de Ruy Blas que pertencia ao grupo de celebridades do cenário da moda de Copenhague. Ela disse que aquela festa estava sendo preparada há várias semanas e era patrocinada pela cervejaria conhecida como *O Espancador de Mulheres* porque, de todas as cervejas escandinavas, a que eles produziam deixava as pessoas mais terrivelmente violentas.

A noite terminou na casa dela num colchão duro sobre o qual rolávamos de um lado para o outro tentando evitar de um lado um móvel de metal muito frio e do outro uma caixa de cocô de gato. Os seus pequenos mamilos me interpelavam, ela gargalhava e me enrolava com suas pernas muito longas e fortes e parecia não se importar nem um

pouco com o fato de estar menstruada e no entanto era muito sangue e na manhã seguinte parecia que naquele colchão alguém tinha sido realmente espancado até a morte.

Em pouco tempo viramos uma espécie de brinquedo um do outro. Ela era o meu *spleen* alegre, eu era a plateia que ela procurava. Seu nome era Pernille e nossos passeios obedeciam sempre aos seus caprichos. Fomos várias vezes à Legolândia porque ela ficava excitada dentro de casas em miniatura. E como era bom naqueles quartinhos... Dizem que só o sexo oferece uma experiência genuína de silêncio, e de fato com Pernille era assim, ou mais ou menos assim, um silêncio sem aura e sem fulgor místico, o silêncio simples da voz quando se cala. Mal terminávamos de gozar ela já estava novamente possuída pelo demônio da falação. Em poucas semanas meu repertório de lendas escandinavas tinha aumentado numa proporção vertiginosa.

Um dos personagens reincidentes dessas fábulas era Asta, vovó Asta, a mulher surgia em vários relatos, onde menos se esperava, lá estava ela outra vez, à espreita, esperando uma boa deixa, trazendo bolinhos ou contando estrelas na boca da noite. Com o tempo fui percebendo que todos os personagens femininos das estórias de Pernille eram um pouco Astas, Asta era um tipo de super-herói que mudava de nome quando mudava de óculos ou penteado. Asta Anger era a sua avó paterna, nascida no ano da invenção do zíper e fuzilada três décadas depois, no mesmo dia do seu nascimento, diante de um muro, em Barcelona. Um dia, depois de ter aparecido criança e adolescente em alguns relatos, Pernille chegou ao fim de Asta.

O FIM DE ASTA

Começava com versos de Gustav Munch-Petersen que para Pernille resumiam a vida da avó desde o nascimento até o que ela chamava momento fandango, o momento em que, numa vida, todas as possibilidades de felicidade e de infelicidade se cruzavam:

Não sou o que esperavam que eu fosse —
tornei-me aquilo que temiam —
cresci nutrido
pelas privações de vocês.
Educaram-me com lágrimas às escondidas —
ensinaram-me a viver
a vida de vocês — continuá-la —
devo acaso dizer:
se viveram a vida correta
que é louvável viver,
devo fazer o mesmo

para não lhes frustrar as expectativas?
se eu disser que não sou como vocês —
que o meu mundo é diferente do seu,
que a minha alegria,
a minha dor também o são —
acreditarão que lhes sou grato?
grato à vida?
ou dirão:
ele recebeu tudo,
ele nos tirou tudo
não nos deu nada de volta,
a não ser tristeza e decepção.
Vejo que têm razão em dizer isso.
e creio ter razão em ir para a minha própria terra.
vou com passos hesitantes, árduos, lentos,
mas creio que devo ir.

Em 1936 Asta era uma garota velha demais para se casar e nova demais para passar o resto da vida engrossando lágrimas à espera do útero secar. Dia sim dia não Asta sentia um tremor musical naquela região do coração — ou da alma, dependendo do freguês — em que outras garotas sentiam os estertores da paixão ou, racionalmente falando, a necessidade de viver a vida que os pais lhes desejavam. Asta era anarcossindicalista e em 1933 estava absolutamente inconformada com o colapso do movimento operário alemão. Todas as quartas-feiras se juntava a dois amigos no apartamento de um prodígio do piano onde hoje há um restaurante tailandês em Vesterbrogade. Os dois eram irmãos, e juntos, mas visceralmente e de um jeito louco unidos, cogitavam um passo mais atrevido. Cogitavam outras formas de vida e cogitavam não batizar os filhos, que certamente receberiam nomes heroicos da revolução russa ou finlandesa. Quando chegou até eles a notícia de que os operários espanhóis tinham conseguido abater o movimento fascista em algumas cidades da Cataluña perceberam que era o bom momento. Partiriam de bicicleta e se juntariam à Coluna Durruti. Asta poderia ficar em Barcelona se quisesse, os irmãos continuariam até o Front de Huesca. As bicicletas eram da marca Adler, de três marchas. O mais difícil era a travessia da Alemanha, mas eles dariam tudo e mais um pouco. Porém, porém, porém, Asta não sabia andar de bicicleta. Tinha um defeito físico que escondia muito bem escondido desde os 13 anos. Tudo nela pendia para o lado esquerdo, tinha o braço e a perna esquerdos alguns centímetros mais longos que o braço e a perna do outro lado. Antes fosse uma reles metáfora morta, mas era um problema que se impunha aos prazeres do corpo movente. Os amigos partiriam sem ela? Diriam adeus no meio de uma paisagem real e fúcsia, cheia de céu e nuvens gordas? E se esses amigos fossem os responsáveis por mover boa parte daquela região já citada do coração de Pernille? Assim terminaria o primeiro ato, mas a cortina não desce e Asta não permitiria que partissem sem ela. Durante várias noites treinou pelas ruas escuras de Nørrebro numa bicicleta especialmente preparada com sacos de areia amarrados de um dos lados que ajudavam a compensar o desequilíbrio. Na manhã do dia 5 de outubro de 1936 vovó Asta serelepe partiu com seus dois grandes amores numa Adler vermelha em direção a Verdun onde se juntariam a um grupo maior. Nesse ponto passou uma motoneta na rua e me desinteressei do conto. Era feriado lá fora e uma procissão alegre se dirigia ao castelo de Amalienborg — incluindo os groenlandeses bêbados — para ver, de longe, e saudar a aparição efêmera da Sua Majestade Real Margarida II Rainha da Dinamarca, Rainha da Groenlândia, Rainha de Feroé, Duquesa de Schleswig, Holstein, Dithmarschen, Targino, Stormarn e Oldemburgo. De repente senti Pernille me cutucar no pescoço com a ponta de alguma coisa. Era uma foto de um muro e diante dele uma pessoa numa pose curiosa, acariciando o muro talvez. Era uma rua estreita de Barcelona, era onde o conto e a avó de Pernille terminaram. Então aquela senhora pequenina de olhos verdes cristalinos que surgia de vez em quando com deliciosos bolos de cenoura e amêndoa não era vovó Asta. Era uma pena pois durante todo o conto eu havia colado em vão aquele rosto e sobretudo aqueles olhos no rosto da heroína. Antes que Pernille pudesse continuar a me afogar em estórias de família — eu já tinha delas um rio largo o bastante para morrer sozinho — decidi que era a minha vez, sim, era a minha vez de contar alguma coisa deprimente, e só podia ser sobre meu pai, e só podia ser sobre ele ter sido uma espécie de assistente de poetas surrealistas e depois um homem amargurado, autor de livros infantis, e tinha de ser também um pouco sobre Draguta, minha irmã morta de asma em Vama Veche, e sobre a namorada dela, que até hoje cultua a imagem de uma revolucionária de fim de século, atingida na nuca por uma bala da Securitate, e no fim das contas, por minha incapacidade de sustentar uma mesma voz até o fim, só podia ser bem menos deslumbrante do que uma música que vem de longe e que não suporta comparação ou um poema ritmado sobre incompreensão entre o novo e o antigo. Pernille não parecia ter ouvido e ressurgia num tom pretensamente pueril, Ciprian, me diga uma coisa, você acredita que uma obra de arte pode levar uma pessoa à loucura? Quero dizer, você acredita que uma pessoa possa se perder na noite dos tempos por causa de um filme ou de um poema ou de uma cantata? Se eu acreditava que uma obra de arte pudesse desencadear um processo irreversível? Sim, eu acreditava. Se eu chamaria isso de surto, talvez não. Mas Pernille não tinha nascido para escutar, aquela pergunta era apenas o início de outra estória, a estória de fatos reais registrados no outono de 1935 numa praia do Vesterhavet. Numa certa tarde, num ponto da praia bem próximo à embocadura de Limfjorden, o delegado local recebeu um chamado de emergência para identificar, não muito longe de onde se encontrava a delegacia, um rapaz que durante quarenta e oito horas não parava de correr nu pela praia erguendo e balançando os braços. O jovem nada dizia, nem aos policiais nem a ninguém. Mas não era mudo nem surdo, pelo menos não de nascença, e isso se notava pelo modo como seu rosto e seu olhar reagiam à eloquência dos policiais. A mãe do infeliz foi localizada nas proximidades e durante o depoimento disse que o inferno havia começado dois anos antes, quando o rapaz foi ao cinema assistir a *Vampyr,* do diretor Carl Th. Dreyer. Desde então não dizia nada temendo que, ao emitir uma palavra, um vampiro viesse a possuí-lo.

Eu também gostava de contar histórias, mas não para ela.

Pernille era bonita como uma camponesa mas se irritava com essa comparação, seu maior orgulho

era ter perdido a virgindade de costas no último andar do Empire State durante uma viagem de sete dias que recebeu como prêmio de melhor aluna da escola. Não tinha nada de vulgar e em outra vida eu teria me apaixonado de verdade, mas falar de amor entre nós era acreditar na viabilidade prática de uma teoria do impossível.

Não sou bom em despedidas. Mas em separações pratico manobras difíceis com bastante naturalidade. No nosso último encontro perguntei a ela se conhecia a poesia de Tudor.

Tudor?

Sim, o velho bigodudo de Gherla, meu vizinho de quarto em Heeringsgard. Aquele que todas as noites enche a pança com uma refeição bem sóli-

da e escreve litanias sonhando com a improvável fusão do homem com a lua. Veja você, páginas e páginas de homenagem a um satélite. E já recebeu prêmios. Pernille disse que era tolice minha, que nenhum tema era bom ou ruim, que o importante era causalizar. O poeta deve escrever sobre a sua lua e não sobre a lua como algo genérico. Esse é o truque, Ciprian. A lua de Baudelaire é preguiçosa, maquiada como uma japonesa é a lua de Michel Deguy, em Jules Laforgue ela é gorda e formosa, Madona e Miss, vigilante de orgias, mantô de Salambô, vive no tapete sideral, e não se fala em cor porque a cor da lua ele diz que é um segredo. Ela é alegre, bondosa, velha e navegante e enfia algodões nas orelhas. Em Quevedo é sangrenta, em Sylvia Plath é fria e planetária, careca, selvagem e cega, em Sandburg é uma lua bebê indiana, e em David Byrne um móbile de discoteca. A lua de Borges é a lua de todos os poemas lidos por Borges em Whitman ela é de novo sagrada, não é justiceira mas é justa, e recobre uma noite de guerra com seu nimbus irrestrito e, em Wallace Stevens, ela é o próprio páthos.

Se era assim, quer dizer, se o importante é causalizar, tornar singular o geral, Tudor fazia bem o seu trabalho, sua lua era muito dele mesmo e bem distinta de todas aquelas que Pernille havia mencionado. Nada de rosto de efígie, nada de justeza e halos azuis nem japonesa maquiada, a lua de Tudor era o cuzinho dos gatos que ele agarrava em desespero no meio da noite nas ruas escuras de Cristianshavn. As patinhas da frente amarradas nas patinhas de trás, o bicho terrificado e ele com sua cara rosada e suada enfiando no limbo seu caralho louco. Depois subia as escadas correndo e abria a porta chorando como um órfão e a coisa se repetia, noite sim, noite não. Se fizesse com Li Po, eu matava. Pernille agora me olhava com uma cara nauseada, eu não devia ter contado nada, mas isso era óbvio.

Não sei por que nem de onde me veio o ímpeto de defender o indefensável Tudor, mas cada um goza como pode, não como quer.

Ainda me lembro dessa como uma de nossas melhores conversas, entre gatos violados e a poesia, entre o modernismo periférico e espelhos se refletindo, algo real tinha se estabelecido entre nós, e não era amor. Pernille ainda tentou retomar sua teoria dizendo algo sobre o poema ter de ser oferecido por inteiro e de uma só vez, como um chapéu dentro de um barco à deriva, ou qualquer coisa que os olhos não podem recusar. Assim, sem pensar no que estava fazendo recitei o poema de Spiru como se fosse meu.

> Há uma enorme mulher indefinida
> Adormeço no labirinto
> Desperto sem saber se estou em mim
> Ou no instante em que se cruzam
> todos os instantes de uma vida
> Minha barba cresce cinco palmos
> Meu olho chora cinco vezes

Meu corpo se divide em quatro partes

Uma delas diz
o tempo
é feito de extravios
A outra é um bordão enfurecido
Uma delas é muda
A outra não quer falar

E deixo o pulmão esquerdo me guiar

E danço sobre meus destroços

Pernille continuava calada e atenta, pela primeira vez parecia interessada no que eu dizia. Juntou os cabelos puxando-os para trás e fez um coque, depois enfiou um lápis e perguntou por que eu tinha escrito aquilo. E por que daquele jeito? Ora, Pernille, por que você fez esse coque e por que um coque e por que desse jeito e por que agora, por que diante de mim, Pernille, e com um lápis? Aliás, de onde vem esse prazer de me tratar como um fogareiro aceso que estala suavemente enquanto você dá aulas de literatura comparada e interpreta o mundo pelas bordas? E por que eu devo dizer sim e concordar que a chave de leitura da poesia moderna foi depositada sob o chapéu turco do vendedor de frutas de um poema em prosa de J.V. Foix? Definir se Fritz Lang era ou não era completamente gay mudaria a história do cinema? Por que é preciso descobrir o motivo que levou Edmond Jabès a omitir do seu *Livro de questões* o fato de só encontrar paz para escrever nos buracos do metrô? Por que Karen Blixen precisava ser louca e sifilítica para fazer um pacto sinistro com um escritor muito mais jovem e levá-lo para viver no quarto mais verde do seu castelo? Você realmente acredita na existência de uma resposta que revele, que explique os motivos por trás dos fatos, e nos faça dormir melhor quando alguém disser que Dreyer pediu para ser internado numa clínica psiquiátrica chamada Jeanne D'Arc depois das filmagens de *Vampyr*? Por que devo te ouvir enquanto você me ignora e estrangular meu tesão quando você precisa ler? Pernille refez a pergunta:

Por que você escreveu isso ao invés de não escrever isso? Era só uma pergunta, Ciprian, não precisa responder.

Saí cortando ruas feito um javali vingativo, meu pensamento ia de Luda a Pernille e de Pernille a Luda, batia em várias traves e retornava como um castigo, Luda e Pernille tinham o mesmo gosto de alga marinha. Isso sim merecia uma pergunta, pois dizia respeito ao fluxo de acontecimentos misteriosos, à persistência da carne, aos caprichos transubstanciais, ao mundo imitando a prosa do poema, à nossa bonomia, à nossa burrice, à nossa necessidade de crer que toda imagem esconde um observador e todo efeito uma causa e toda causa um motivo e todo motivo uma explicação. Infelizmente ou felizmente só me ocorria pensar que Luda e Pernille usavam o mesmo sabonete íntimo comprado nos supermercados Føtex a preços módicos. Entrei por uma, duas, três, quatro ruas erradas. Passei duas vezes pela mesma estátua e depois de uma série de percursos sem nexo percebi que estava novamente na pracinha dos groenlandeses bêbados de Cristianshavn. E lá estavam eles, brincando de enfiar os canudos das bandeirolas nos ouvidos, bebendo e tossindo e comendo salsichas e limpando as mãos uns nos anoraques dos outros. Uma das mulheres veio vindo na minha direção com uns olhos trevosos de quem não brinca em serviço. Agarrou meu braço e com um olhar opaco e apocalíptico sugou o que ainda restava da minha alma enquanto sua boca sussurrou a vida é um vurrkuluk três vezes seguidas. Um dos homens puxou-a gritando alguma coisa na língua deles que aos meus ouvidos soava como meu urso você não ferveu as batatas e a mulher voltou para junto do grupo.

E se a vida for mesmo um vurrkuluk ou uma derrota sem luta, ou uma viagem à lua, na companhia de uma cadela vira-lata e de uma mulher bêbada que noite após noite se esquece de ferver as batatas? Eu tinha inveja deles? Daquele triste carnaval? Daquela orgia de bactérias compartilhadas em pedaços de salsicha? Claro que não. Mas eles sabiam alguma coisa que eu não aprenderia nunca.

Quando cheguei em Heerings Gaard os bolsistas estavam reunidos em silêncio na sala de conferências diante de uma figura esquálida que gesticulava sem parar. Finalmente havia chegado a noite do discurso de Ulrikka Pavlov.

O DISCURSO DE ULRIKKA PAVLOV

Comecemos por espremer nossos corações orgulhosos. Comecemos por responder aos que nos atacam porque cuspimos no prato antes mesmo de acabar de comer. Comecemos pelo refrão que nos persegue: se tudo é válido e nada é realmente bom, se todo mundo é genial e ninguém presta, não faz mal, afinal, quem se importa realmente? De vez em quando um novo gênio desce pelo ralo, alguém cita o credo de um artista morto, mas isso é tudo e é só isso. Não temos mais nada a oferecer. Sendo assim só nos resta começar de novo e desta vez por uma história de crianças tristes, da criança que fui, impondo a mim mesma tarefas ridículas como buscas genealógicas para os gatos dos parentes ou complicadas como encontrar no mundo real as botinas de couro mais excitantes de toda a Europa. Francamente, meus pintinhos, a quem podemos culpabilizar se o genuíno pode estar oculto sob a inexpressividade de alguém que pode ser tanto o Dentista de Cavalos Baios quanto o Motorista do Diplomata Aflito, o Parcimonioso Passeador de Cães, o Cirurgião Muito Cansado, o Calculador de Pontes Levadiças, a Andrômaca Tropicana ou o Homem que Sangra Como um Galo? E será que já não estamos fartos deste mundo a ponto de explodir? Decerto que temos ainda perguntas importantes a fazer, indagações que só vocês, meus pintinhos, poderão um dia, se tiverem colhões para isso, responder. Mas hoje estou contente diante de um grupo tão especial. Então me digam, de quantos pares de sapatos precisa um artista em trânsito? De quantos metros de dentifrício? De quanta disposição para o novo, de quanto desespero, de quanto conforto, de quanta capacidade de dar e receber, de quanta desgraça, de quanta comoção, de quanta bruma? Enquanto eu ainda usava o cabelo bem curto com uma mecha caída sobre a testa, eu passava meus dias dentro de trens noturnos viajando para conhecer os artistas mais brilhantes da minha época. Eu conversava com eles, eu era uma menina, eles riam do meu jeito inquisitorial, me ofereciam chá, café, soda limonada. Eu ficava com as mãos doloridas de tanto transcrever e anotar até que um dia um desses artistas me deu de presente um gravador. Era um islandês, um escultor retirado do mundo, um homem solitário e muito digno que se espantava com o interesse em torno da sua obra. Passamos uma tarde juntos, no fim de tudo ele me encarou e disse: mas Senhorita Ulrikka, por que estragar tudo com a palavra arte? Pois vejam vocês. Anos depois, acompanhei meu pai num delicado tratamento dentário em Praga. Antes de chegar a Praga ficamos dois dias em Kyjov, onde ele queria visitar velhos amigos. Perto da casa onde pernoitamos havia um jovem muito estranho que vivia numa barraca de sucata e saía todas as manhãs com uma câmera fotográfica de brinquedo, feita de papelão e latas de sardinha. Por perversão ou curiosidade, pouco importa, o fato é que passei o dia seguindo esse sujeito. Fiquei muito nervosa quando chegamos a um horto florestal e ele começou a fotografar de bem perto, embora sem se deixar ver, uma mulher que estava estirada na grama pegando sol de biquíni com uma toalha sobre o rosto. Ele se agachou junto dela e com muita delicadeza, ou melhor, com a delicadeza de um cavalheiro do pré-guerra, tapou os seus olhos. Jiri, é você?, perguntou a mulher e foi apalpando a pele oleosa do desconhecido, aos poucos sua mão foi ficando irrequieta e seus dedos mais hesitantes, até tocarem a enorme barba crespa e então começaram os gritos e a mulher sôfrega perguntava quem é você quem é você quem é você e se debatia até finalmente conseguir se virar e quando o rapaz deixou que ela se soltasse ela se viu diante de uma repelente criatura que não dizia nada, apenas sorria o bisonho sorriso de uma criança grande. Evidentemente a mulher fez um escândalo, o rapaz foi preso, espancado, e no fim da noite por pura diversão taparam o seu cu com cimento. Não sei o quanto disso é verdade porque depois de ter sido levado pelos policiais militares surgiram centenas de rumores e boatos sobre aquela tarde. O voyeur era Miroslav Tichy, o menino Mogli da fotografia checa. Agora ele está velho e doente e é o centro de uma quente disputa curatorial. Roman Buxbaum diz que é ele o dono, o desbravador de Tichy, não sei o que diz o próprio Tichy sobre o assunto mas quem vai dar ouvidos a um homem que passa a vida recluso e inacessível e um dia aceita fazer uma retrospectiva com Harald Szeeman só porque simpatizou com a sua barba?

Mas por que estou contando isso?

Eu também não sei, mas poucas vezes vi algo tão comovente e excitante quanto Tychi fotografando as mulheres de biquíni da sua cidade. Poucas vezes senti que algo realmente especial estava sendo feito e que o melhor que podia acontecer era permanecer perdido ali naquele buraco de mundo chamado Kyjov. Sempre penso nisso quando tento justificar a mim mesma ou para os outros o porquê da Fundação Das Beckwerk e deste programa de residência. Perdoem a megalomania mas acredito que esta seja hoje a única residência a levar a sério condições históricas favoráveis à liberação do artista de uma vida demencial. O que hoje nos aflige não é a forma tentacular do mercado, mas a transformação do artista numa peça substituível de um jogo irrisório. Saibam, meus pintinhos, sem a varinha mágica do curador, o melhor de vocês não passa de poeira de rua. Mas afinal quem é a gralha filistina e que doutrina é a sua para nos dizer tais coisas em tom tão ofensivo?, vocês devem estar pensando, com razão, com razão. É verdade, não sou nenhuma fonte de mel, nem dou saltos em espiral, eu não sou ninguém, eu sou apenas Ulrikka Pavlov, a pura luz pensante da Zelândia e vocês farão bem em discordar de tudo o que digo, mas por favor, escutem. É verdade que eu poderia ter me servido de um tom mais reticente, mas o estilo é o homem e a mulher também. Sabemos que o poder cultural tornou-se devedor da generosidade das empresas, e que em poucos anos todas as residências do mundo dependerão de sistemas complexos de transferências de capital. Diante disso como continuar a encorajar jovens artistas a persistirem em suas trajetórias como se nada de terrível estivesse acontecendo? Como continuar a acreditar que as condições ideais são ideais e como se manter cego e surdo ao percebermos que os artistas de agora-agora, em nome da intempestividade e da impetuosidade e de uma liberdade imaginária, tornaram-se reféns dos seus próprios sistemas de produção, tornaram-se preenchedores de formulários, redatores de insípidas e exageradas cartas de intenção, respondedores educados de mensagens burocráticas, habilidosos administradores de tempo útil para fins mais criativos. Pensem em quantas centenas de pessoas esforçadas mas sem nenhum talento ou inteligência vimos florescer nos últimos anos em bienais e trienais, pensem nas dezenas e dezenas que fizeram duas ou três mostras individuais, ganharam um prêmio, participaram de uma residência luxuosa num país distante e agora se afogam no próprio sucesso como se fossem os Paul Cézannes do novo século. Mas logo um produto mais novo e inesperado que uma pedra caída da lua aparece e desvia o olhar dos curadores. (...)

(...) No crepúsculo do modernismo, os artistas trabalhavam intensamente em seus ateliês, frequentemente sozinhos e isolados, sofrendo todo tipo de privação, até serem finalmente descobertos por um art dealer, curador, crítico ou mecenas. O sofrimento artístico não desapareceu mas tem nos dias de hoje uma forma bastante diferente. Artistas profissionais, egressos de institutos e escolas de arte, passam pouco tempo dentro de ateliês, vivem uma vida nômade de aeroporto em aeroporto, recuperando-se de jet lags causados por seu infinito trânsito entre residências artísticas, bienais, feiras de arte, apresentações, palestras, vernissages e outros eventos sociais. (...) A proliferação de residências nas cidades do antigo bloco comunista e em ambientes não artísticos — aeroportos, banheiros públicos, discotecas, escolas, hospitais, bibliotecas, fábricas de xampu, afinal todos querem ter o seu artista a tiracolo — não são uma boa-nova, mas sintomas da catástrofe que obriga todos a se subsumir ao coquetel de atrações, com emoções garantidas para fazer com que os artistas se desloquem de suas casas em direção a novos velhos lugares. Sabemos que o dinheiro depende desses indicadores. Sabemos que os melhores poemas russos dos anos trinta foram escritos nas prisões em pedaços de papelão, e nos anos cinquenta Frank O'Hara escreveu seus melhores versos em guardanapos de papel. A melhor arte do futuro será aquela feita por sujeitos desprovidos de qualquer qualidade artística aparente. O desespero de hoje é tal que, em nome da politização, crianças traquinas, autoproclamadas geniais, viajam pelo mundo filmando sua bonomia e distribuindo o dinheiro de suas bolsas pelas ruas das cidades, e com isso não fazem mais do que ofender e humilhar os habitantes dessas complicadas capitais. É preciso cortar de uma vez por todas o cordão umbilical, esse fio nostálgico e regressivo que continua a ligar as melhores cabeças de nossa época a um sistema de arte caduco e a uma moral arrasadora.

Residências artísticas como esta são um verdadeiro oásis numa Europa cada vez mais ressentida e acovardada. Cada um de vocês foi escolhido por qualidades singulares mas também porque compartilha de um entendimento mais profundo da força criativa, e acreditamos, eu e Ole Ordrup, que estão totalmente aptos a contribuir para uma nova forma de existência para a qual a palavra arte soará como um adereço de mau gosto, do qual podemos tranquilamente prescindir. O que proponho a vocês é tão simples de dizer quanto difícil de realizar: derrelição. Abandonem a vida artística. Abandonem a identidade de artistas. Abandonem as obrigações desse sistema que não faz mais do que impedir o artista de se desenvolver plenamente. Esqueçam editais, residências, conferências, jantares com colecionadores, jantares com miliardários, esqueçam a amizade dos críticos, contatos com editores, jornalistas de plantão, contatos com contatos de contatos de diretores de museu. (...) Daqui a vinte anos pocurarei cada um de vocês. Então veremos os resultados. Sim. Os resultados. A palavra não é boa. Estou certa de que estarão produzindo as obras mais vitais do novo século, aquelas que fogem a todas as expectativas e que por isso mesmo são as únicas capazes de atender às necessidades poéticas, políticas e estéticas da nossa época.

(...) Por último gostaria de agradecer ao fiel e querido Ole Ordrup, devemos a ele e apenas a ele a invenção de um delicioso drinque — uma mistura de Cherry Heering, vermute e pimenta — que eu mesma tive a honra de batizar com o formoso nome Esquilos de Pavlov. Quis esta noite enluarada que brindemos com ele e música apurada.

Por favor, Maestro!

Dizem que um grupo de artistas só se torna um coletivo quando uma verdade (ou uma mentira) fatal entra em jogo. Pois o que se seguiu foi uma estranha noite de conversas e olhares esconsos em que ninguém sabia mais distinguir o charlatão do idealista. Ninguém se atreveu a comentar o que tínhamos acabado de ver e de ouvir. O triste foi termos perdido para sempre o discurso da Senhora Pavlov. O que sobreviveu foi o que conseguimos reconstituir com a ajuda da memória de Miki e das anotações de Barbara Visser. Tudor interveio no léxico e a mim coube o trabalho de arremate,

Hasse que gostava de composições barrocas deu a ideia de substituirmos uma longa explicação ininteligível por um parágrafo retirado do *Manual de estilo da arte contemporânea*, de Pablo Helguera. O resultado era certamente menos inquietante do que o original, mas o próprio original era feito de retalhos de falas, entrevistas, reportagens e ensaios disseminados nas últimas duas décadas. Em torno da previsível imprevisibilidade daquele discurso se armou um debate. Pavel adjetivou-o de neorretro-conservador-situacionismo, e Miki Takawada entendeu com mais otimismo como sendo uma honesta embora questionável apologia do anonimato, enquanto Visser viu por toda a parte a recuperação canalha do mote kurtschwittersiano "tudo que um artista cospe é arte" e que, segundo ela, só resultaria em mais xaropada de superestimação. Volker viu em tudo um descarado plágio de Allan Kaprow, o "desartista" como aquele que abandona todas as referências à categoria arte, deixa de ser um profissional para ser um propositor de experiências, susbtitui os sistemas de venda pelo sistema de troca etc. Havia nas palavras de Pavlov uma inquietante oscilação entre aporia e utopia, vício e virtude, citação e plágio, onde o veredicto mais canalha sobre o contemporâneo e a mais genuína vontade de superar criticamente esse mesmo veredicto acabavam por se fundir e se anular. Para Hasse o problema era o raciocínio de base, comprometido com uma falsa ideia de liberdade.

O abandono estoico, o ideal franciscano a que ela nos convidava não passava da tola afirmação de uma vida ordinária interrompida por momentos extrardinários, ou seja, apenas mais do mesmo.

Fosse o que fosse, a gralha pensante da Zelândia tinha conseguido criar em nós a tentação da comunidade artística. Era a primeira vez que comparecíamos ao mesmo tempo num mesmo espaço. Um pouco por receio do que havia ou poderia haver de mais verdadeiro por trás daquelas palavras, decidimos continuar a conversa longe de Heerings Gaard. Como ponto de encontro sugeri a árvore de chupetas de Frederiksberg.

Aceitar a proposta da Senhora Pavlov significava bem mais do que aceitar a proposta da Senhora Pavlov e não sabíamos, em termos concretos, o que essa diferença significaria. De certo modo nada mudava: comer, cagar, dormir, acordar, esquecer, cortar as unhas, os cabelos, engolir, deglutir, digerir, cair da cama, cair do cavalo, cair do telhado. O problema não era o que faríamos ou deixaríamos de fazer, mas se nos importaria muito muito ou muito pouco passar da arrogância de um "sou artista, logo existo" à falácia "existo, sou e nas horas de afluência enquanto todos se preocupam com presentes de Natal eu faço minha arte, mas não é nada, não é nada, são só umas coisinhas que me distraem do peso de viver e da arrogância de pensar". E eis que retornamos ao ponto de partida. Se romper o cerco do sistema de arte significava transformar nossos gestos numa espécie de mistério petulante, numa atividade não assumida como diferente das demais mas que continuava a diferenciar o criador do açougueiro, realmente era preferível deixar as coisas como estavam.

As melhores ideias vieram de forma inesperada e peripatética no trajeto de volta a Heerings Gaard. E se o silêncio fosse a melhor resposta que podíamos dar a Senhora Pavlov? E se a proposta fosse mais uma arapuca para o nosso orgulho ferido? Em todo caso, o melhor a fazer era continuar a exercer nosso livre-arbítrio. Concretamente falando isso significava não aceitar nem recusar. Paramos para conversar num bar melancólico repleto de fotos da cachorrinha Laika a ponto de partir. Enquanto bebíamos e tentávamos reconstruir o discurso de Pavlov, Tudor desentranhou dele um poema gracioso. Continuamos caminhando e bebendo e conversando e Miki teve a ideia de irmos até Langelinie visitar a Pequena Sereia que acabava de chegar de um passeio na China. A sereiazinha estava lá, sobre sua pedra, silenciosa e pensativa olhando fixamente para Øresund como se esperasse o retorno de um velho marinheiro. Era uma nonagenária embora tivesse ainda rosto de menina-moça, tinha sido agredida várias vezes, inclusive a ponto de perder a cabeça e o braço. Não parecia ter tantos anos e os cem quilos que diziam. Aceitava ser fotografada por turistas afobados, aceitava ser tocada por crianças e velhos, e com a mesma candura aceitava o espanto dos visitantes que saem de lá frustrados dizendo que é menor do que esperavam. Ajuda a cidade na venda de cerveja, refrigerante, sorvete, camisetas e postais. Provavelmente não era isso que o cervejeiro Carl Jakobsen tinha na cabeça quando contratou o jovem escultor Edvard Eriksen para fazer uma estátua da bailarina Elle Price por quem tinha se encantado. Vida de sereia não é fácil.

VIDA DE SEREIA

1913: No dia 23 de agosto a pequena sereia é montada sobre uma pedra em Langelinie. Participam da cerimônia apenas poucas pessoas, o cervejeiro Carl Jakobsen, o escultor Edvard Erikson, o arquiteto dos jardins da cidade e o responsável pela fundição do bronze.

1961: A pequena sereia recebe um biquíni e cabelos vermelhos.

1963: A sereia é manchada de tinta verde.

1964: A sereia perde pela primeira vez a cabeça. O caso vira capa do jornal *Berlingske Tidte* que se abre com a manchete: Onde está a cabeça? Cartas de lamento e presentes em forma de doações chegam de todas as partes do mundo. Empresários americanos fundam a Little Mermaid Foundation. O banqueiro nova-iorquino Henry Gellerman oferece uma recompensa de quinhentos dólares para informações que pudessem levar a esclarecer o mistério. A sereia é restaurada e ganha um pescoço com o dobro de espessura.

1966: O artista Jørgen Nash é interrogado como suspeito do atentado de 64. Ele nega e declara sua simpatia pelo verdadeiro criminoso.

1976: De novo manchada de tinta verde.

1984: Um dos braços é decepado com serrote, em uma semana é recolocado. Dois groenlandeses se entregam arrependidos.

1986: A polícia esclarece os autores do atentado de 1964. Eram soldados canadenses de licença em Copenhague que cortaram a cabeça e desapareceram num veleiro alemão.

1990: Mais uma tentativa de decepar a sereia, desta vez uma chamada anônima e a chegada da polícia espantam os agressores.

1998: A cabeça é cortada com serrote.

2003: Aniversário de 90 anos da sereia. Na madrugada a pequena sereia cai da sua pedra, talvez por causa de dinamite.

2005: A sereia amanhece com as palavras KILL ALLIENS pixadas em branco sobre as costas.

2008: Novo atentado, desta vez ela é pintada de azul.

2009: O Partido Nacionalista tenta impedir que a sereia acompanhe o ministro Anders Fogh Rasmussen durante a visita à China. A sereia amanhece com uma máscara da ministra Birthe Rønn Hornbech. Mesmo assim ela é retirada da pedra e vai para a World Expo Shangai no ano seguinte.

2010: A pequena sereia amanhece em Langelinie com um papel colado sobre a boca. É um texto versificado assinado Ulrikka Pavlov.

Quando o dono do bar fechou as portas não estávamos em condição de nos mover. Adormecemos na calçada amontoados uns nos outros. Acordamos fedendo a ressaca e peixe, ainda sem saber onde estávamos. Voltamos para Heerings Gaard. Havia um grupo de curiosos ao redor do portão principal e dois policiais que imediatamente nos prenderam sem maiores explicações. Só tive tempo de ver de longe a Senhora Pavlov algemada sendo levada para dentro de uma viatura.

Nós que ainda nem tínhamos nos recomposto da noite ao relento em Langelinie fomos de repente enfiados num carro e levados para um edifício de vidro, muito claro, limpo e cheio de janelas, que em outro país certamente teria sido destinado a acolher um coletivo de design ou uma biblioteca infantil. Nos separaram logo na entrada, eu fui colocado numa cela com um asiático que logo reconheci como sendo o dono do restaurante tailandês onde eu costumava comer aos sábados. No mesmo cubículo havia também uma mulher que seria provavelmente a mulher do dono do restaurante e uma criança que seria filha de ambos ou dela apenas. Dois policiais diferentes dos dois que nos tinham detido em Heerings Gaard abriram a porta abruptamente, um deles era tão jovem e bonito e com um nariz tão fino e bem desenhado que parecia uma garotinha, tinha um bigode loiro e ralo como uma penugem. O outro tinha um olhar intenso e umas sobrancelhas superpeludas. Chamaram a mim e ao dono do restaurante. Ainda algemados fomos levados para uma outra sala muito clara que dava para o pátio interno da penitenciária onde os presos em fila faziam exercícios sob o comando de um apito. Os policiais tratavam a mim e ao dono do Thai Massage como se houvesse uma relação entre nós ou entre os supostos crimes que tinham nos levado àquela situação. Fomos colocados frente a frente numa mesa redonda de fórmica branca. Um dos policiais pegou um saco e despejou uma série de fotografias sobre a mesa. Na cabeça deles eu era um estranho tipo de *roma*, enquanto o tailandês só podia ser o traficante de heroína e jovens prostitutas que a polícia perseguia há vários meses. Tentei explicar: eu era um artista em residência, com uma bolsa de uma fundação local, vivendo naquele edifício que abrigava outros como eu. Disse também que já estava de saída daquele país, estava indo para Paris, sim, Paris com uma bolsa, outra bolsa, eles riram. No lugar deles eu também teria rido. Um deles disse que também estava indo para Paris com uma bolsa. Com uma bolsa Louis Vuitton. Rá rá rá. O dono do restaurante me olhava com uma veia saltada na testa como se minhas palavras também o prejudicassem. Então me lembrei de dizer que tinha um contrato assinado com a Biblioteca Real e que esse papel estava dentro de um envelope dentro da minha mochila e que essa mochila estava trancada no escaninho da Biblioteca Real. Eles não paravam de rir e deve ter demorado alguns minutos até que um deles respirou fundo e retomou o interrogatório sobre minhas atividades na Biblioteca Real. Eu disse que fazia intervenções na organização dos livros. Intervenção? Rá rá rá. Insuportáveis aqueles dois. Intervenção quer dizer uma ação pontual que interfere na lógica de uso e na compreensão funcional dos espaços. Crio novos lugares para os livros e com isso crio de certo modo novos livros para os lugares. Um deles disse que nunca tinha visto um *Rom* tão presunçoso. Tentei continuar a explicar as coisas naquele estilo que eu mesmo detestava na fala de outros artistas, dizendo que o que eu fazia eram deslocamentos, rearranjos, trocas de lugar, mas nunca roubo, eu não era um *Rom*, eu redistribuía, eu remanejava, sem tirar nem pôr, criando novas vizinhanças e novas distâncias, por exemplo entre

    os livros que começam com uma pergunta
    os livros que terminam onde começam
    os livros que terminam sem terminar
    os livros que são maus mas poderiam não ser, ou seja, não deveriam ter sido escritos pelos autores que os escreveram
    os livros deprimentes de autores felizes
    os livros alegres de autores deprimidos
    os livros que foram renegados por seus autores

    os livros que causaram arrependimento nos seus autores
    os livros em que o herói troca de nome toda vez que abre a geladeira

mas os policiais se fixaram naquela ideia de que eu roubava livros, documentos secretos, mapas antigos. Um terceiro policial entrou na sala, era evidentemente superior aos dois que me interrogavam, estranhamente usava o mesmo perfume que o Senhor Ordrup. O homem não disse nada, abriu um envelope gordo e despejou um monte de fotos sobre a mesa. Num tom muito neutro perguntou se eu conhecia as pessoas naquelas fotos. Eu não conhecia. Numa delas havia uma mulher nua que poderia ter sido a jovem Senhora Ulrikka Pavlov. Numa outra um homem que poderia ser Iancu aos 50 se ele tivesse chegado lá com um chapéu-panamá e um amor de saia rodada. Mais fotos e de novo a mesma pergunta. Não, eu não conhecia. Mas eu poderia dizer, se quisesse: eis a estória da minha vida. Esse sou eu tocando violão, esse é fulano, essa é sicrana, esse é beltrano pai de fulano irmão de fulana. O homem continuava a apontar para as fotos esperando que eu revelasse alguma verdade oculta. De repente pediram licença e sumiram os três policiais levando o dono do restaurante. Os dois policiais voltaram sem o terceiro, o superior. Agora conversavam entre eles e não pareciam interessados em mim ou no que eu tinha a dizer, acho que ouvi um deles dizer salsicha, a única palavra dinamarquesa que eu compreenderia pronunciada até por uma boca banguela. Os dois pareciam mais relaxados, alguma coisa tinha mudado. Me conduziram para fora da sala. De repente me vi diante do mesmo homem que anos antes havia surgido no velório do meu pai, de novo, exatamente como antes, a mesma maleta preta, a mesma expressão de fuinha, segurando a luva direita com a mão esquerda, à minha espera no saguão da delegacia. Esse homem, o maçom, amigo secreto de meu pai, me pagou um café e me colocou num trem para Paris. E com um gesto que eu só conhecia dos filmes de detetive que assistia em Sibiu, enfiou no meu bolso um envelope com uma lista de contatos e dinheiro suficiente para quase um ano de vida, se fosse bastante modesta e bem calculada, talvez até um pouco mais.

Ainda havia um resto de sol iluminando os binários embora já fosse noite. Dentro do trem as pessoas pareciam alegres, quase inocentes de tão satisfeitas. Para elas o passado de repente fazia todo sentido, estava nos olhares, mesmo que fosse um passado acetoso, cheio de ausência, galinhas degoladas no quintal, lutas por geleia de mirtilo e amor materno. É isso que acontece com a cabeça das pessoas quando entram num trem superconfortável em direção ao que chamam de férias? Então há de novo clareiras para descansar e corações para sentir e olhos para ver e o futuro já não é a morte mas uma cidade chamada Paris. E na cabeça de alguns a cidade chamada Paris não tem ruas nem becos nem valões de esgoto, é uma mulher macia com longos cabelos perfumados que receberá a todos com um sorriso meio misterioso meio aniquilador e que depois da partida escreverá cartas ardentes com uma assinatura sempre diferente. Minha distração durante a viagem foi essa, imaginar o funcionamento daquelas pessoas mesmerizadas pela paisagem, e de repente me vi pensando na vida dos bichos que nascem com um mapa de viagem gravado em algum lugar do sistema nervoso central. E nos godos e visigodos partindo em busca de carne fresca e nos românticos em busca de si mesmos, e nos poetas que zarpam e naufragam no intervalo de dois quarteirões, e em mim que já não sentia tanto incômodo em não saber nomear meus traslados que certamente mereceriam uma palavra, um nome tão displicente quanto um assovio e tão concreta quanto uma martelada. Enquanto pensava na erótica e na genética migratória a paisagem passava pela janela como se fosse o próprio tempo a passar por mim sem causar estragos. Isso nada tinha a ver com fatos comprováveis, era apenas uma sensação muito forte que por algum motivo me fez lembrar do dia em que fiquei preso no elevador do meu prédio atual durante nem sei quantas horas, sozinho com uma sacola de supermercado vazia e nenhum livro, nenhuma distração além do meu próprio tédio que aos poucos ia se tornando uma espécie de desespero e acabei adormecendo e quando despertei foi como se o tempo não tivesse se movido. Maldito elevador. E ainda me espanta que muitas pessoas gostem de sensações como essa, não de ficarem presas num elevador, mas de suspensão e medo.

Eu deveria estar pensando em outras coisas mais úteis como: descobrir por que vias obscuras aquele velho maçom conseguiu me encontrar? Aquilo se repetiria? Quantas vezes? Eu devia me sentir salvo ou perseguido? Era um acordo ou um jogo cujas regras eu desconhecia? Cansado demais para inquirir os motivos alheios ou do que são capazes uns pelos outros, me pus a imaginar uma ficção científica, bem baratinha, com mulheres que se sacrificavam por uma certa cor de cabelo e produtos para fazer crescer cabelos no umbigo. Quando dei por mim eu era ainda o mesmo passageiro semiadormecido naquele trem alegre rumo ao sul enquanto uma fila de formigas escalava a minha perna esquerda. Tão pequeninas e tão determinadas, as mais espertas abriam a via até o cume do joelho e lá do alto triunfavam, e com um olhar que eu jurava só podia ser vingativo contemplavam o mundo sujo e pouco misterioso dos carpetes listrados.

Chegando a Paris as coisas mais ou menos se arranjaram. Mais do que menos. Os contatos do maçom funcionavam. Era intrigante mas eu continuava a não querer pensar nisso. Nunca entendi o que movia aquela rede de pessoas endinheiradas tão solícitas, apenas aceitava com uma espécie de servil polidez. Teria algo a ver com meu pai, com favores prestados, com a dupla moral de uma época que fazia cada dia menos sentido. Me arrumaram um antigo quarto de empregada no sexto andar de um prediozinho decrépito. Uma vista deslumbrante sobre a cidade. Uma tarde, olhando a névoa que descia sobre os telhados, me lembrei de uma estória que Pernille tinha contado. A estória de um costureiro bibliófilo que comprava os mais fabulosos arquivos literários da modernidade francófona. Seu nome era Jacques Doucet, e esses arquivos estavam guardados na biblioteca literária que levava o seu nome. Os papéis ocupavam um antigo apartamento reformado, entre a Igreja de Saint Éthienne e o Panthéon. Depois de muitos jogos de varetas e um rápido mas essencial peteleco do embaixador romeno consegui a autorização para fazer uma intervenção nas coleções Jacques Doucet.

Mais do que um simples acervo ou depositário de textos inéditos ou impublicáveis, a biblioteca Jacques Doucet era o próprio templo do fetichismo literário moderno e seu guardião agora era um sujeito muito alto, empertigado e extremamente vigilante que só tirava os olhos dos "chercheurs" quando ia ao banheiro, e mesmo assim rapidamente e só para mijar, pois nunca se ausentava do seu posto de observação por mais do que três ou quatro minutos. Se uma bomba caísse sobre aquele edifício a catástrofe literária seria algo equivalente à catástrofe humana em Hiroshima e Nagasaki pois lá estavam os caderninhos escolares e todas as cartas escritas e recebidas por Baudelaire, além do original d'*A reivindicação do prazer* com a marca das diferenças caligráficas de Michel Leiris e Jacques Baron, de modo que ficava claro quem havia escrito o quê. Isso sem falar de todo o acervo epistolar de Julien Gracq, tanto o que ele recebia sob seu nome de escritor quanto aquele que recebia como professor escolar de geografia Louis Poirier e que incluía quarenta e uma cartas e seis postais enviados por Gracq a André Breton e uma fotografia de 1990 mostrando um Gracq circunspecto ao lado de um Emil Cioran sorridente, um Yves Rabin sem emoção no olhar e uma quarta pessoa não identificada escondida atrás de uma curiosa placa de trânsito.

Porque Doucet havia sido um precursor no interesse pelas correspondências dos escritores que admirava, assim como por manuscritos corrigidos e diferentes versões de poemas e romances, que considerava um material literário tão importante quanto os livros publicados, o arquivo estava repleto de joias e raridades e revelava relações desconhecidas entre vários autores modernos, que silenciosa e discretamente mantinham uma política de envio de bilhetes, postais, trechos de poemas ou reflexões críticas e metacríticas que mais tarde seriam desenvolvidas e disseminadas em seus livros. Doucet começou a aquisição de originais em 1916, sob o fascínio do simbolismo, seus antecedentes e seus efeitos sobre a literatura francesa, em seguida passou a buscar o trabalho de jovens autores como Blaise Cendras, Max Jacob, Raymond Radiguet e Pierre Reverdy. Doucet faleceu em 1929 e nessa época a coleção já era importante o suficiente para que as famílias e os detentores de direitos autorais sobre a obra de outros escritores modernos se interessassem em doar espólios inteiros a essa coleção, que foi crescendo vertiginosamente tanto em tamanho quanto em importância, especialmente quando os originais dos surrealistas passaram a integrar os seus arquivos.

Por tudo isso a única intervenção que me permitiam fazer era nas fichas catalográficas e mesmo assim não por mais de vinte e quatro horas. Se chegasse a realizá-lo seria sem dúvida o meu trabalho mais efêmero e desafiador, mas antes de chegar a uma ideia precisa sobre exatamente que tipo de intervenção me interessava fazer ali, passei várias semanas enfronhado nos catálogos e às vezes, com a dose certa de paciência e teimosia, conseguia a permissão do guardião para ler uma carta ou o original de um poema. Quando percebeu que eu era romeno, o guardião disse que os bibliotecários acabavam de concluir a catalogação do espólio de Ghérasim Luca. O material tinha sido doado por sua viúva, a artista Micheline Catti, àquela altura bastante fragilizada por diversos problemas de saúde. O espólio continha desenhos, colagens, os rascunhos de um cenário para um espetáculo chamado OCEAN, a concessão da troca do sobrenome — de Locker para Ghérasim Luca — com um carimbo de 1945 do ministro da Justiça, L. Patrascanu, um texto de 45 datilografado e intitulado Androide contra Andrógino, o registro da sua entrada em Paris no dia 9 de março de 1952 como apátrida ex-romeno, e uma prosa de 1933, de sete páginas datilografadas, que devia ser a preparação de um texto para a revista *Alge* e que terminava com uma cena de despedida:

> *(...) a mulher foi ficando cada vez menor. o lenço foi ficando cada vez menor. a estação suja. o trem longe. minha cabeça foi pendendo em direção à terra. meus lábios viram a terra. eu estava triste. talvez doente. talvez cansado. talvez morto.*

Nessa mesma pasta, havia um envelope e dentro dele outros papéis dobrados. O vigilante parecia mais relaxado ou intencionalmente negligente então aproveitei para continuar a ler. O remetente assinava Georges Henein, e dentro do envelope com seu nome havia um poema dedicado a Luca e uma carta.

Prezado Zolman Gherasim Luca,

o Senhor não deve se lembrar. Eu tampouco lembraria, mas agora me vejo impelido a imaginar o que terá restado de mim em sua memória (sabendo que a memória nunca foi o seu tema predileto e eu não teria tocado nele não fosse a situação em que me encontro agora), e vejo um menino prestativo e humilhado, com canelas finas e picadas de pulga ligeiramente inflamadas. Eu recolhia coisas na rua para o Senhor, mas o Senhor não se lembrará mais de mim do que desses objetos, essas armaduras silenciosas portadoras do nosso desejo. Às vezes passávamos o dia inteiro sem comer e eu me perguntava de onde o Senhor tirava tanta e tamanha disposição para teorizar sobre a circulação de nomes num mundo cada vez menos explicável. Me perdoe se com isso pareço um tipo dramático e enjoativo, mas me pareceu necessário fazer aflorar alguma lembrança de nossa convivência sem a qual nosso passado comum não seria totalmente verdadeiro. Tudo isso para dizer que não há uma só vez em que caminhando por Dudesti eu não pense em recolher pedaços de escrivaninhas, cabeleiras de bonecas, olhos de vidro, pregos, gavetas, como se ainda fosse possível juntar esses refugos numa garagem da rua Lazar número 9. Felizmente ou infelizmente não tenho coragem de passar ao ato. O medo é uma coisa patética não é mesmo? E ainda mais patética é a desculpa, tão cheia de objetividade: não há mais escombros tão variados e disponíveis nas ruas de Bucareste. Soube que o Senhor está vivo, mora em Paris e continua a escrever. Será que junta palavras como eu catava fragmentos? Tenho uma mulher silenciosa e um sogro alcoólatra. Tenho dois filhos. O caçula me odeia e a menina pensa que é feliz. Não sei o que será deles. Eles não sabem mas tenho bons amigos na maçonaria dispostos a nos ajudar. O Senhor certamente recebeu notícias do que vem acontecendo por aqui. Pois pegue essas notícias e piore um tanto. Está chegando perto. Mas ainda é pior. O que não é tédio é puro horror. Tenho sido interrogado e pode ter certeza, a prisão de hoje não é a prisão de ontem. Dizem que as coisas estão mudando (em Brasov, você talvez saiba). Mas não me coube a sagacidade de uma vida dupla para publicar poemas abomináveis durante o dia e varar noites traduzindo Beckett e Julien Gracq. Sou mais conhecido entre pessoas de seis a nove anos pois escrevo as aventuras de um urso metalúrgico do qual não posso me orgulhar. Não lhe parece uma cretinice menos cretina do que celebrar o horror em versos de verdade? Era o que eu pensava. O urso tem um ímpeto amigável, viaja pelo país, se apaixona, conhece animais solitários, notívagos, herbívoros, mas sempre volta para a capital, toca um saxofone baixo, é amigo das abelhas (porque gregárias e produtivas) e inimigo das moscas (porque preguiçosas e individualistas). Esse urso tem o nome daquele que sempre o invejou. Quando chove ele observa caramujos caindo no chão e ruindo as cascas como no poema de Teodorescu. Preciso mostrar, com uma virtuosa naturalidade, como ir da intransigência à tolerância e desta à identificação incondicional com aquilo que antes se execrava. Não há catástrofe qualitativa mas às vezes ainda consigo arrancar um riso autêntico. As crianças gostam dele e isso por si só já justificaria minha morte. Não é um sentimento íntimo nem doloroso. Gostaria de saber se aí a vida é realmente possível, se haveria esperança para um candidato a apátrida que desejasse se instalar aí com uma gota de orvalho de dignidade. Um visto de viagem estará ao meu alcance nos próximos meses, mas sei que ter como sair não é suficiente, além do mais levaria mulher e filhos. Meu sogro ficaria num asilo em Cluj, não está em condições de viver, menos ainda de escapar. Prometo não incomodá-lo futuramente se vier a habitar a mesma cidade que o Senhor, não preciso de amigos e detesto confidentes, esta carta muito provavelmente lhe dará uma impressão falseada do meu caráter. Caso não chegue até mim resposta sua, deduzirei que ou esta carta nunca chegou ao seu destinatário ou não há nem mesmo a mais remota possibilidade de que o Senhor venha a me ajudar nesse "projeto".

*Com a admiração
Pulga.*

Ps: Que carta terrível! É a mais longa conversa que já tive com um poeta vivo desde os anos quarenta. Por favor, se teve energia para chegar até aqui, saiba que só um sujeito insone e desesperado romperia o silêncio de uma memória orgulhosamente conservada para pedir ajuda a um homem que talvez nem se lembre de que um dia o conheceu.

Era um deslize do bibliotecário. Por causa dele ou dela, dali em diante aquela carta tinha sido escrita por Georges Henein. Não havia dois Pulgas nem dois homens com histórias tão semelhantes, além do mais Henein era egípcio e era um bom poeta, e aquela carta só podia ter sido escrita por alguém que ao tentar escrever a verdade sobre si mesmo se atrapalhava mais do que um gorila numa loja de porcelana de Delft. Mas naquele primeiro momento, o que me perturbava era a pena que agora eu sentia do meu pai, antes havia rancor, e um pouco de desprezo e um tanto de deboche, com eles eu já tinha aprendido a conviver, mas pena de Spiru, pena de vê-lo gaguejando baboseiras e alguns sentimentos verdadeiros para conseguir um pouco de ajuda que obviamente não veio, isso era novo e me dava enjoo. Em nenhuma ocasião me lembro de tê-lo ouvido mencionar ou aludir à intenção de deixar o país. E ainda que Luca tivesse consentido em ajudá-lo, Spiru nunca teria tido coragem de passar ao ato. Não, não mesmo. Ele não.

Por um momento pensei em pedir para conversar com o bibliotecário e reportar aquele equívoco, mas se era fácil mostrar que a carta não tinha sido escrita por Georges Henein era difícil provar que tinha sido escrita por meu pai pois estava datilografada e não me lembro de ter visto nenhum outro texto em que ele assinava pulga, além daquele poema, mas quem saberia dizer onde estaria agora o papelzinho? Draguta morta, impossível recuperá-lo. Eu sabia os versos de cor e era tudo.

Ainda faltava decidir o que fazer nos arquivos Jacques Doucet. Depois de ler e reler algumas vezes a carta de Spiru a Ghérasim Luca senti que a única forma de intervir que me interessava então era a inclusão de uma nova ficha catalográfica para aquela carta mal arquivada, mesmo que a intervenção durasse apenas vinte e quatro horas.

Minha intervenção na biblioteca foi um fiasco, ninguém achou a menor graça, consideraram uma criancice narcísica, um embuste. Tomaram a própria carta por uma pura ficção em que eu, Ciprian, procurava resgatar uma história clandestina sem nenhuma vitalidade. Também acharam que a ideia era ultrajante no sentido que ignorava o conteúdo tão enormemente importante reunido por Doucet naquele espaço. Fiquei chateado, mais que chateado, muito aborrecido e irritadiço por um par de semanas mas não me dei por derrotado, continuei procurando bibliotecas onde poderia intervir. Como a burocracia se tornava cada vez mais impeditiva, comecei a fazer intervenções em bibliotecas infantis, pequenas bibliotecas de bairro bolorentas e pouco frequentadas, bibliotecas hospitalares e arquivos que não interessavam a ninguém, me trouxe algum prazer mas nenhum prestígio, nenhuma porta aberta, nenhum elogio crítico. O dinheiro do maçom já tinha terminado, eu vivia num apartamento em Bobigny, que não era ruim exceto pelo fato de volta e meia o cachorro do vizinho mijar na minha porta, e se não era isso então era uma louca do andar de cima que noite após noite mudava os móveis de lugar. Para sobreviver eu fazia traduções e eventualmente ajudava o Instituto de Cultura Romena a ciceronear os romenos famosos que vinham expor em Paris suas invenções monstruosas, seus lamentos decantados e, nos melhores casos, seu enorme esforço crítico.

Os meses iam passando sem grandes comoções ou arrepios, de repente já fazia quinze anos que eu tinha deixado Bucareste e mais de dez desde aquela confusa estadia em Copenhague.

Um dia, mais precisamente no primeiro dia de primavera, eu estava em casa cozinhando beterrabas com a televisão ligada, quando me chamou atenção uma assombrosa notícia. Era sobre uma mulher que havia sido drasticamente desfigurada pelo seu muito querido cão. A reportagem enfatizava o incrível sucesso da reconstituição da identidade dessa mulher, enquanto mostrava imagens abjetas do rosto esmigalhado, em relação ao antes e ao depois da reconstituição. A mulher chamava-se Helga Gregorius e o cão se chamava Marcel. A estória envolvia uma tentativa de suicídio malograda durante a qual a mulher ingeria um coquetel de drogas com intenção de morrer dormindo. Enquanto se afastava de si mesma e começava a flutuar alguns centímetros acima do seu próprio corpo, o seu cão ia ficando cada vez mais faminto, e quanto mais faminto, mais carnívoro, até que o seu instinto de cão o fez abocanhar aquele rosto semivivo quase morto ao seu alcance. Tudo isso era certamente muito impressionante mas o que me chamava atenção não tinha nada a ver com o chocante espetáculo tétrico das imagens que a televisão insistiu em explorar durante várias semanas, mas sim o novo rosto da moça. Helga

Gregorius depois do acidente e depois da reconstituição virtuosa do seu rosto era minha irmã. Era Draguta. Não podia ser mas não podia não ser. Era idêntica demais para não ser e era mirabolante demais para ser, mas se fosse, e só podia ser, e era, então era duplamente terrível pois o rosto reconstituído, apesar da festa dos médicos, era absolutamente e, de um modo difícil de explicar, horrivelmente assustador. Tentei me acalmar, tentei não atribuir muito sentido a esse rosto, tentei comer a sopa mas tudo em mim era a ânsia de um vômito que não vinha, que parecia estar vindo, que nunca veio.

Nunca consegui saber o que deveria ter feito com aquela informação. Nas semanas que se seguiram fiquei tão obcecado pelas images do rosto reformado de Helga Gregorius que muitas vezes adormecia e acordava diante da televisão ligada. Numa dessas noites despertei com uma voz estranhamente familiar. Era uma voz gasta interrompida por uma tosse trevosa que eu reconhecia mas não identificava. Ainda naquele estado intermediário entre o sono e o despertar aumentei o volume e me sentei para tentar entender do que se tratava. Mas a voz e sua imagem tinham desaparecido, dando lugar a outras vozes e imagens, e aos poucos entendi que se tratava de um filme sobre um filme em vias de se fazer, um documentário sobre a dificuldade de levar a termo um documentário, *Experimento Pi-*

testi — O genocídio das almas, concebido por Sorin Iliesu, que dizia ter dado início ao projeto com seu próprio dinheiro à espera de que outras formas de financiamento surgissem em seguida, mas como o interesse das autoridades romenas em manter esse episódio na obscuridade é maior que a vontade de trazê-lo à tona, os financiamentos nunca surgiam, por mais que o tema despertasse enorme interesse em outros países. Mas o boicote estava rendendo ao filme não terminado uma sobrevida nada desprezível.

Experimento Pitesti foi a aplicação em território romeno do projeto soviético de desumanização e aniquilamento da subjetividade, oficialmente denominado "reeducação" para fins de conversão ideológica. As consequências de sua aplicação nas prisões de Gherla e Pitesti no início da década de cinquenta foi tão desastrosa que o próprio regime suspendeu o programa que tinha sido concebido pelo ministro do Interior e estava sob a responsabilidade da mente delirante do psicopata general Turcanu. Os prisioneiros escolhidos para esse programa especial eram jovens estudantes universitários inscritos nos cursos de Filosofia, Letras, Direito e Teologia. Como em outros gulags, o objetivo era expurgar a mente e a alma dos prisioneiros transformando-os em Homens Novos e dignos da nação em que viviam. O método consistia em sessões continuadas de tortura e humilhação extremas, e uma vez "reeducados" ou "desmascarados", os prisioneiros eram redistribuídos dentro de outros grupos para que identificassem os elementos resistentes e os torturassem da mesma forma bárbara como haviam sido torturados. Tortura e maus-tratos eram práticas mais ou menos comuns em outras prisões romenas, mas em Pitesti e Gherla havia sido criado um grupo de prisioneiros realmente especial, que só mantinha contato com o mundo nas transferências de prisão feitas em geral nos trens noturnos e de preferência evitando o encontro com os presos "comuns"; o suicídio era praticamente impossível nessas prisões, e o assassinato de presos por seus próprios colegas era frequente. O plano de reeducação havia sido elaborado a partir das teorias de comportamento condicionado e um nível de estresse físico e psíquico tão intenso que culminava num colapso nervoso. Se o prisioneiro fosse devoto, sua situação se agravava, os torturadores tomavam fé religiosa como principal alvo, desse modo Turcanu com a ajuda de Titus Leonida obrigava aqueles garotos a começarem o dia com uma cena batismal, ou seja, enfiando a cabeça no balde onde todos os presos mijavam. O efeito era tão forte que esses homens, mesmo depois de meses, continuavam a enfiar a cabeça no vaso depois de deixarem a prisão. Também havia missas dominicais em que todos participavam mas o devoto cumpria um papel central, pois em vez da distribuição de hóstias, as suas fezes é que eram introduzidas na boca dos outros presos, e quando o show terminava era o seu pênis, lacerado e lambuzado de sabão, que devia ser beijado como se beija a mão do padre ao fim da missa. A comunicação entre as celas era feita através de tosses em código morse, isso exauria rapidamente os prisioneiros já debilitados pela fome, pelo frio e pela umidade constante dessas prisões, em geral mais parecidas a cavernas escuras ou calabouços medievais do que aos quartos de cimento das outras prisões desse mesmo período. Os prisioneiros eram constantemente redistribuídos em grupos de modo que em cada um deles houvesse sempre alguns prisioneiros já desmascarados e outros ainda em processo, o mais bem-sucedido na conversão fazia o papel de judas e criava uma situação em que os mais resistentes eram brutalmente espancados pelos demais colegas. Também o processo de alimentação era ritualizado como uma forma de tortura em que uns presos mastigavam miolo de pão e depois eram obrigados a cuspi-lo dentro da boca de um companheiro de cela, e assim sucessivamente até que todos tivessem engolido a quantia de miga que lhes era permitido consumir. Os desmascarados também funcionavam como guardas, vigiavam os outros presos nas suas posições matinais e vespertinas, posturas físicas extremamente retorcidas e tesas nas quais tinham de passar horas sem relaxar. Havia ainda longas sessões de masturbação coletiva em que os prisioneiros eram levados para uma sala cheia de holofotes que eram dirigidos diretamente sobre seus olhos, ali, divididos em duplas e trios, eram obrigados a massagear o pau do vizinho sob a batuta de um dos guardas que se comprazia em acelerar ou diminuir o ritmo até que todos tivessem gozado. A sessão recomeçava dezenas de vezes e podia durar até doze horas, quando terminava, a maior parte dos prisioneiros já tinha desmaiado e era arrastada até suas celas. Esse sistema de degradação se mostrou tremendamente eficiente, os prisioneiros mais moldáveis levavam três semanas e apenas alguns poucos precisavam de quatro meses para serem completamente desmascarados e reeducados e, é claro, muitos morriam antes disso.

Quando eu já me sentia um especialista no pior assunto do mundo, o filme abandonou o tom informativo e voltou a apresentar depoimentos emotivos e confusos dos sobreviventes das prisões de Pitesti e Gherla onde os experimentos tinham sido realizados, então mais uma vez ouvi aquela voz familiar que tinha me despertado, e com ela o corpo ao qual pertencia, ou ao qual nunca havia pertencido.

Tudor não era chamado de Tudor de Gherla pela poesia que escreveu na sua cidade natal ou sobre ela e sim pela poesia que nunca conseguiria escrever, pelas sensações que nunca conseguiria sentir, pelos prazeres tranquilos que nunca iria alcançar. Eu preferia nunca tê-lo visto ali, como uma peça de uma partida de xadrez concluída, legível e transmissível como um tema escolar, era uma vez um homem que transformou seus terrores em sarcasmos, e já seria um homem bem diferente daquele velho suado, cheio de manias repulsivas e cheio de repulsas em relação ao mundo e a si mesmo. Minha mente só queria descansar um pouco mas agora a imagem do rosto mastigado de Helga Gregorius se embaralhava com as imagens abomináveis que aqueles relatos tinham produzido dentro de mim. O que era currar um gato perto daqueles relatos? Era certamente alguma coisa, mas não a mesma coisa de antes, era currar um gato e era bem mais e infinitamente menos e minha cabeça continuava queimando e galopando, eu era uma radiação branca imparável, eu sou o intestino do cachorro faminto, eu sou uma mulher tentando desaparecer, a boca é uma coisa séria, dela saem mil maletas mas não entra nenhuma, agora eu sou uma hóstia, a minha própria merda, sou um sabre enferrujado atravessando o crânio de um general enlouquecido. Se eu pudesse parar de pensar, se soubesse onde exatamente aquelas imagens nasciam, arrancaria esse pedaço do meu cérebro com uma colher.

Os corpos esquecem?

Dai-me outra vida e ressurgirei flor de alfazema, estátua de terracota de humbaba, gota de mercúrio, atangará de penacho, bico de águia, chuva de verão, bola de meia, cinzel, isqueiro. Dai-me outra vida e pedirei de novo outra forma diferente. Porque a morte tem uma vasta lista de afazeres e me deixa dormir até mais tarde não significa que eu esteja mais protegido do que você ou ela dos grossos do terceiro andar. Nem porque em algum lugar heroína é a heroína de alguém farto de arrotar mentiras a Terra vai girar mais devagar. Porque é o ciúme e não o amor que move as montanhas da China e é verdade quando dizem que há felicidade, mas não aqui, não para mim. E quando longe daqui duas línguas se enroscam e mulheres explodem sutiãs de dinamite isso também tem a ver com a esperança de uma recompensa ulterior. Isso também tem a ver com arte e não tem nada a ver com má consciência, com o espírito do tempo. Teria sido melhor ser um falcão de luto, fechar as asas e se atirar contra os rochedos? Ou um camundongo brincando nos trilhos do metrô? Não é porque você teme baiacus e morre de angina que tudo é relativo, embora o acaso seja mais forte que a sorte e as teorias da arte mais persistentes que a história. Dai-me outra vida, faça-me pequeno, grilo, amêndoa, dente de leite, porque queremos ser mais provençais e só conseguimos ser provincianos. Porque não existe cura pela fé e há coisas bem mais inexplicáveis que a morte e nunca haverá arnica que baste se todo dia santo o anjo-da-autoajuda e os marimbondos lutam e de repente chove e faz calor e este é o mundo em que vivemos. Dai-me outra vida porque tudo o que disse ou tentei dizer até aqui não vale mais do que um certo bater de pálpebras, do que um jeito de dizer, vem rápido, volte.

Certas manhãs, enquanto o cheiro do café toma conta da cozinha, converso com Draguta, porque de todos os meus mortos ela é a única que tem uma voz e uma etiqueta no pulso — como os bebês no hospital — e não no dedo do pé, como os mortos em geral, os completamente gelados que não sabem fazer nada porque sua especialidade é a morte e nela permanecem. E sobre as conversas, são ruins porque me fazem mal e bonitas porque não se pode dizer que não sejam, são formosas e são sonoras e cheias de nomes em x, lichia, teixo, chafariz, almoxarifado, xerife, chuva, e piadas sem final com pequenas mulheres chinesas que são pequenas imagens mentirosas e quando alguém interrompe a cena, tudo não passou de um vento entrando e saindo pela janela.

É difícil deixar certas coisas partirem por inteiro. Deve ser isso que alguns chamam de coagulação defeituosa.

Volta e meia me flagro pensando em Tudor e nas várias versões da doença que pôs fim a sua vida, e nas várias pessoas que ele pode ter sido antes da prisão, e em Miki numa capital asiática fundando um Grupo de Defesa do Ócio que medita todas as tardes nos buracos do metrô, e em Dolinel preso no seu próprio sistema de ironias, e em Pavel ajudando seu pai nos vinhedos e fazendo filhos gigantes com a moça mais esguia do vilarejo, e em Luda.

E em Luda.

Aí paro de pensar como se tivesse entrado num filme em que todos os habitantes alisaram os cabelos e por um motivo que não se elucida nunca correm em direção ao mar mas nenhum deles sabe nadar ou construir um navio.

A Senhora Pavlov não incluiu naquele frívolo cálculo a sensação de que é sempre tarde demais ou muito cedo para desistir, talvez eu devesse enviar cartões-postais, cartas em papel de seda, mergulhar no gelo e voltar puro sangue e aceleração cardíaca, sem passado, sem futuro, e sem nenhuma outra vontade além da urgência de beber uma caneca de leite quente que sacie até o fim dos tempos.

Os convites para intervenções foram ficando mais raros, já não existiam residências nem prêmios para artistas que aos quarenta e muitos continuavam ainda patinando em um rinque perdido entre o início e o meio da carreira. E ali permaneceriam. Embora me fosse impossível dar de ombros a esses fatos, fiquei animado quando a biblioteca infantil do Moderna Museet de Estocolmo me convidou para fazer um trabalho me dando toda a liberdade e um bom dinheiro. Decidi aproveitar a viagem e fazer uma escala em Copenhague para rever Luda.

Foi um voo turbulento que terminou num pouso tortuoso quando um bando de pássaros foi subitamente tragado pela turbina dianteira do avião. Saí do aeroporto de mau humor, enjoado. Fui direto para o hotel que não ficava muito distante da rua de Luda.

Eu não tinha comunicado minha vinda e nem esperava ser bem recebido. Aliás, nem esperava ser recebido. Talvez Luda estivesse viajando a trabalho, talvez em equilíbrio, talvez não quisesse se ligar ao passado, um passado aliás nem tão remoto, mas já distante o bastante para ter se tornado emblemático e moralista como uma fábula.

Quem abriu a porta foi uma mulher pequena com um cigarro apagado no canto da boca. Me recebeu sem maiores demonstrações de amabilidade dizendo que Luda estava doente e sem muita cerimônia fez uma série de perguntas até finalmente entender o que me ligava a Luda, quem eu era e por que estava lá. Foi até o quarto e voltou dizendo que Luda me aguardava.

Luda estava diferente, magra e abatida. Minha primeira reação foi querer sair dali imediatamente. Numa desordem de gestos e palavras ela deu a entender que algo terrível tinha acontecido. Aos poucos entendi que não era exatamente com ela, mas com o filho. Então de repente ela agarrou uma almofada com força, abraçou como se fosse esmagá-la e começou a gritar um grito estridente terrificante. A mulher que tinha aberto a porta entrou correndo e tentou acalmá-la, ofereceu um copo d'água que ela recusou, então ela segurou as bochechas de Luda com força e enfiou goela abaixo umas pílulas. Luda pediu água.

Não tive coragem de fazer nenhuma pergunta, já era tudo sórdido o bastante. A pequena enfermeira estava impaciente. Quando Luda recostou a cabeça no sofá parecendo que finalmente adormeceria, ela, a enfermeira, começou a falar sobre Luda como se ela já não estivesse ali. Pedi que saísse, que me deixasse sozinho com Luda por um momento. Fiquei ali durante uma hora talvez, em silêncio, Luda semiadormecida mas ainda sentada, na mesma posição diante da televisão onde o Snoopy bebia drinques cor-de-rosa no maravilhoso quintal da Patty Pimentinha. Quando o desenho terminou Luda pediu de novo e de novo e de novo. Finalmente adormeceu. Só então reparei sobre as paredes do quarto uma série de pequenas imagens em preto e branco, uma delas, a que mais me reteve, mostrava um dedo enfiado num ralo de pia. A enfermeira entrou no quarto, ajeitou a cabeça de Luda sobre o travesseiro e cobriu-a com uma manta. Perguntei se era algo recente, ela disse que sim, seis meses, perguntei se o pai do menino sabia, se tinham notícias dele. Aleksei?, ela perguntou. Sim, eu disse. Aleksei Miromov, impossível saber o que ele sabe, o que ele não sabe ou o que finge não saber.

O marido de Luda era um sujeito de Minsk, de família digna, querendo dizer com isso que ele não era nem assassino, nem traficante de armas ou de mulheres, era apenas mais um rapaz que no início dos anos noventa saiu de lá com um emprego garantido por uma agência. Foi enviado para uma fábrica de filmes AGFA nos arredores de Antuérpia. Um emprego administrativo, sem grandes atrativos além da garantia de um salário todo fim de mês. Mas a moça não soube dizer onde Aleksei vivia agora, pois havia mais de ano que chegavam envelopes semanais com fotos que ele enviava pelo correio e cada vez o selo indicava uma cidade diferente. Para uma enfermeira ela sabia de muitas coisas. Perguntei há quanto tempo ela trabalhava para Luda, suas bochechas coraram e num certo embaraço conseguiu explicar que não era enfermeira, era a irmã mais velha. Não pude deixar de pensar nas cartas com flores secas que numa tarde de outono vi Luda preparar. A irmã não parecia a ogra irascível que Luda pintava, era uma mulher sólida, um pouco abrutalhada nos modos, mas ao mesmo tempo insegura, com aqueles rubores de quem passou a maior parte da vida numa plantação de beterrabas.

Depois de uma forte chuva, a noite estava limpa e perfumada e a lua era exatamente a japonesa maquiada daquele poeta que Pernille admirava. Fui caminhando pelas ruas de Cristianshavn como costumava fazer nos meses em que vivi em Heerings Gaard e em poucos minutos me vi diante do edifício de Pernille. O seu sobrenome não aparecia mais na etiqueta do interfone. Do outro lado da rua, onde antes havia uma sapataria agora havia uma livraria. Uma enorme livraria, com muitas vitrines enfeitadas, e numa delas havia centenas de exemplares de um livro de capa preta com uma imagem de uma noz em alto-relevo funcionando como ponto para o i de... Pernille. Coincidência cabalística. Era a própria! E pela capa do livro devia ser a mais recente maravilha da pior espécie de literatura. Já o título condensava uma série de qualidades sutis e muito sonoras, *Mistério no Carmelo*, e a heroína só poderia ser o que era: uma carmelita descalça que salvava garotos judeus famintos de um campo de extermínio transportando clandestinamente nozes na xoxota. Já era um best-seller.

O que dizer?

Eu não sabia se ela estava tentando causalizar o Holocausto, as carmelitas descalças, as nozes ou a xoxota.

Em toda estória que eu conto chega sempre um momento em que tudo se dispersa. O encontro com Luda e a visão da Magna Opus de Pernille me deixaram tão enfraquecido que precisei sentar no meio-fio. Era uma noite clara de verão e os cafés estavam lotados de loiros aveludados, ninfas e ninfos de uma beleza derrotante, um rapaz que passava por ali me olhou com benevolência e perguntou se eu precisava de ajuda para levantar. Aceitei por puro receio de soar rude a uma criatura solícita e desinteressada. Voltei a caminhar e logo me veio a ideia de rever, talvez pela última vez, a pracinha dos groenlandeses bêbados.

De pé, escorada numa das estátuas, lá estava ela, a mesma mulher que anos antes tinha me feito aquele vaticínio incompreensível. Era a mesma figura avermelhada, sem idade definível, sem os dentes da frente, apenas um pouco mais seca e amarela do que antes. Estava compenetrada, mexia em alguma coisa pequena que segurava na palma da mão e que causava enorme excitação em todos os outros bêbados ao seu redor. Me aproximei lentamente e como todos continuavam indiferentes a minha presença ali, avancei até estar perto o suficiente para ver o que ela tinha na mão. Era uma figurinha humana minúscula, feita de lascas de latas de cerveja. E do fundo da minha arrogância de artista viajante, e por isso mesmo e apesar disso, quando vi a esculturinha laboriosa, mais que laboriosa, de metal delicadamente retorcido representando com uma perfeição indiscutível a figura real da groenlandesa que a segurava, tive certeza de que havia algo de real naquele discurso fingido de Ulrikka Pavlov. Senti ressurgir em mim o interesse pelos fenômenos estéticos, pela beleza comovente das coisas simples. Durou cinco minutos.

Voltei para Bucareste. Não suportei ficar lá mais de um mês incompleto. Não havia nada para mim naquele lugar, era apenas o meu ponto de partida, e era provavelmente a única cidade do planeta chamado Terra onde um amante de cemitérios encontraria lápides com o meu sobrenome.

Mas era só isso.

De volta a Paris fiquei amigo, mais que amigo, de uma grega que vendia tragédias em edições de bolso na saída da Gare de L'Est. Uma noite, entre as cascatas de águas dançantes de um restaurante chinês, quando cruzei os pauzinhos sobre o prato depois de confessar um falso desejo de conhecer a Acrópole ela disse

Não vá à Grécia,
o real fode com os mitos.

Naquele instante senti que poderia amar aquela criatura. Respondi que foder está no início de tudo e isso inclui doces caseiros, distopias e o bater do meu coração naquela noite.

Talvez dure.

Quando o sol deita sua enorme careca de fogo atrás dos bulevares tomamos sorvetes coloridos e discordamos em quase tudo. Ela ainda pensa em se vingar do destino e eu já nem isso. Ela diz que é velhice precoce, antes fosse, antes fosse, ó bela troiana. A indolência dá o diapasão dos dias, essa Medeia, metade veneno, metade árvore, orgulhosa como uma imperatriz e mais verdadeira que o mito, tem o dom de enternecer minhas noites, maneja facas como ninguém e diz que um diretor caduco controla tudo por trás dos holofotes, Paris coberta de fuligem é o seu cenário, e o amor tardio, o seu tema.

Marilyn Monroe tinha razão, a melhor posição para contemplar a vida é em cima de uma bicicleta em movimento. Se Breton estivesse entre nós agora Nadja seria uma garota absurdamente magra e maravilhosamente calma cruzando a cidade no contrafluxo e a passante de Baudelaire passaria de patins, sem charme, puro cálculo, velocidade e luz.

Ao cruzar o canal Saint Martin hoje pela manhã vi um corpo humano carregado pelas águas. Não pude parar por falta de tempo. Sei que é uma coisa estúpida de se dizer e ainda assim é verdade. Não era o Sena, mas nessas circunstâncias, também ali a atmosfera é solene. Há um acampamento à beira-rio onde o desabrigo e o desamor crescem em sentido contrário. A pergunta não é: será que eu caibo no mundo ou entalo? Mas: será que caibo em mim mesmo ou afundo? Até onde vai o meu barco? Continuará sem mim?

Não tenho vergonha da minha época, gosto dela, não é épica nem gloriosa mas gosto dela como de um par de galochas gastas que não se pode abandonar porque apesar de tudo já se acostumavam aos nossos pés, e porque são as únicas que restam, e porque são minhas. Como diz um amigo recente, o mal não está na época, está em algumas pessoas. Em algum ponto do canal o morto inflado ainda boia, sem nome, sem pressa, sem memória. Parece

um dublê de estopa do herói que lhe serviu de modelo. Hoje é fácil sorrir e dizer *profanações*. Antes, existiam o azul cruel, a palavra sublime. Hoje há um monte de entulho e uma garota grega que é um pouco minha e que ainda se emociona e chora quando visita igrejas góticas. Depois do desgosto vem o essencial. Já não escuto muito bem e há dias em que não posso falar sobre o que não ouço. Mas de repente surgem imagens de uma insurreição juvenil e penso em Spiru, em Helga Gregorius, em Ulrikka Pavlov, em carmelitas descalças, em Draguta inventando lorotas antes de dormir. Não tivemos tempo de dizer adeus, não tivemos tempo de fazer uma promessa, ninguém disse nada, nem que foi uma infância incrível com histórias permutáveis envolvendo sempre uma charada e uma recusa. E penso também em planos de fuga, no extravio das cartas de desespero, e nas rimas pobres e nos corpos podres e penso nas rodas de bicicleta, nos poetas apátridas e nas moedas da sorte adormecidas no fundo lodoso do rio. E paro de pensar e sinto a delícia que se atreve em horas vagas, quando você não está em você. Há uma grande calma sobre a cidade. Eu poderia tentar a carta da perda, o fôlego de uma vida ordinária, a inocência humana de apenas dormir e acordar. Talvez ainda me pergunte certas coisas, o sotaque diz o que as palavras não conseguem dizer. Em todo caso, não esperem coragem de um pedaço de madeira envergado pelo tempo. Um país entra na gente pelos ouvidos e pode acontecer de uma boca torta anunciar uma linguagem louca. Talvez ainda consiga me aguentar por mais um tempo. Desde o início.

O verão chegou quase no início do outono. O gato está ficando cego. Li Po está ficando cego. Está muito medroso. Eu grito eieieieieiei e ele se contrai todo, as orelhas ficam apontadas para trás e ele faz aquele pffffff que os gatos fazem quando sentem muita raiva ou pavor. Depois da décima briga por causa do xixi ele começou a sentir medo quando sente vontade de mijar. Então quando percebo que ele está com medo corro até ele e coloco-o rápido dentro da caixa de areia. Mas de noite não tem como evitar cocôs e xixis ambulantes. Ele também parou de se lavar, então uma vez por semana dou um banho com uma toalha, ele fica feliz. Acho que é o único momento em que ele sente uma emoção diferente do medo. Ele se aproxima tanto do aquecimento que as sobrancelhas estão permanentemente chamuscadas. E tem fome o tempo todo. Disseram que é a tireoide desregulada. Às vezes ele pisa na comida mas não entende o que fez e fica aflito tentando limpar as patas, deve ter perdido o olfato também. Durante a noite fica até bambo de tanto girar em círculo procurando o pote de comida que está ao lado dele. Por tudo isso come cada vez menos e dorme a maior parte do tempo. Mas de vez em quando ainda se arrasta pela sala e vai até a janela, se acomoda como pode sobre o parapeito e reage aos outros gatos miando na rua. Meio misterioso.

Este livro foi impresso
pela Geográfica para a
Editora Objetiva em
julho de 2013.